CLASSIQUES & CIE
LYCÉE

Victor Hugo

Ruy Blas (1838)

Collection dirigée par
Marc Robert et Henri Marguliew

Notes et dossier
Sylvain Prudhomme
agrégé de lettres modernes

Hatier

Conception graphique de la maquette :
c-album, Jean-Baptiste Taisne, Rachel Pfleger
Principe de couverture : Double
Mise en pages : Chesteroc International Graphics
Suivi éditorial : Évelyne Brossier

ISBN : 978-2-218-96221-9

L'ŒUVRE DANS UN GENRE

VERS L'ÉPREUVE

ARGUMENTER, COMMENTER, RÉDIGER

RUY BLAS

Préface

Trois espèces de spectateurs composent ce qu'on est convenu d'appeler le public: premièrement, les femmes; deuxièmement, les penseurs; troisièmement, la foule proprement dite. Ce que la foule demande presque exclusivement à l'œuvre dramatique, c'est de l'action; ce que les femmes y veulent avant tout, c'est de la passion; ce qu'y cherchent plus spécialement les penseurs, ce sont des caractères. Si l'on étudie attentivement ces trois classes de spectateurs, voici ce qu'on remarque: la foule est tellement amoureuse de l'action qu'au besoin elle fait bon marché des caractères et des passions. Les femmes, que l'action intéresse d'ailleurs, sont si absorbées par les développements de la passion, qu'elles se préoccupent peu du dessin des caractères; quant aux penseurs, ils ont un tel goût de voir des caractères, c'est-à-dire, des hommes vivre sur la scène, que, tout en accueillant volontiers la passion comme incident naturel dans l'œuvre dramatique, ils en viennent presque à y être importunés par l'action. Cela tient à ce que la foule demande surtout au théâtre des sensations; la femme, des émotions; le penseur, des méditations: tous veulent un plaisir, mais ceux-ci, le plaisir des yeux; celles-là, le plaisir du cœur; les derniers, le plaisir de l'esprit. De là, sur notre scène, trois espèces d'œuvres bien distinctes, l'une vulgaire et inférieure, les deux autres illustres et supérieures, mais qui toutes les trois satisfont un besoin: le mélodrame pour la foule; pour les femmes, la tragédie qui analyse la passion; pour les penseurs, la comédie qui peint l'humanité.

Disons-le en passant, nous ne prétendons rien établir ici de rigoureux, et nous prions le lecteur d'introduire de lui-même dans notre pensée les restrictions qu'elle peut contenir. Les généralités admettent toujours les exceptions ; nous savons fort bien que la foule est une grande chose dans laquelle on trouve tout, l'instinct du beau comme le goût du médiocre, l'amour de l'idéal comme l'appétit du commun ; nous savons également que tout penseur complet doit être femme par les côtés délicats du cœur ; et nous n'ignorons pas que, grâce à cette loi mystérieuse qui lie les sexes l'un à l'autre aussi bien par l'esprit que par le corps, bien souvent dans une femme il y a un penseur. Ceci posé, et après avoir prié de nouveau le lecteur de ne pas attacher un sens trop absolu aux quelques mots qui nous restent à dire, nous reprenons.

Pour tout homme qui fixe un regard sérieux sur les trois sortes de spectateurs dont nous venons de parler, il est évident qu'elles ont toutes les trois raison. Les femmes ont raison de vouloir être émues, les penseurs ont raison de vouloir être enseignés, la foule n'a pas tort de vouloir être amusée. De cette évidence se déduit la loi du drame. En effet, au-delà de cette barrière de feu qu'on appelle la rampe du théâtre et qui sépare le monde réel du monde idéal, créer et faire vivre, dans les conditions combinées de l'art et de la nature, des caractères, c'est-à-dire, et nous le répétons, des hommes ; dans ces hommes, dans ces caractères, jeter des passions qui développent ceux-ci et modifient ceux-là ; et enfin, du choc de ces caractères et de ces passions avec les grandes lois providentielles, faire sortir de la vie humaine, c'est-à-dire des événements grands, petits, douloureux, comiques, terribles, qui contiennent pour le cœur ce plaisir qu'on appelle l'intérêt, et pour l'esprit cette leçon qu'on appelle la morale : tel est le but du drame. On le voit, le drame tient de la tragédie par la peinture des passions, et de la comédie par la peinture des caractères. Le drame est la troisième grande forme de l'art, comprenant, enserrant, et fécondant les deux premières. Corneille et Molière existeraient indépendamment l'un de l'autre, si Shakespeare n'était entre eux, donnant à Corneille la main gauche, à Molière la main droite. De cette façon les deux électricités opposées de la comédie et de la tragédie se rencontrent et l'étincelle qui en jaillit, c'est le drame.

En expliquant, comme il les entend et comme il les a déjà indiqués plusieurs fois, le principe, la loi et le but du drame, l'auteur est loin de se dissimuler l'exiguïté de ses forces et la brièveté de son esprit. Il définit ici, qu'on ne s'y méprenne pas, non ce qu'il a fait, mais ce qu'il a voulu faire. Il montre ce qui a été pour lui le point de départ. Rien de plus.

Nous n'avons en tête de ce livre que peu de lignes à écrire et l'espace nous manque pour les développements nécessaires. Qu'on nous permette donc de passer, sans nous appesantir autrement sur la transition, des idées générales que nous venons de poser et qui, selon nous, toutes les conditions de l'idéal étant maintenues du reste, régissent l'art tout entier, à quelques-unes des idées particulières que ce drame, *Ruy Blas*, peut soulever dans les esprits attentifs.

Et premièrement, pour ne prendre qu'un des côtés de la question, au point de vue de la philosophie de l'histoire, quel est le sens de ce drame ? – Expliquons-nous.

Au moment où une monarchie va s'écrouler, plusieurs phénomènes peuvent être observés. Et d'abord la noblesse tend à se dissoudre. En se dissolvant, elle se divise, et voici de quelle façon :

Le royaume chancelle, la dynastie s'éteint, la loi tombe en ruine ; l'unité politique s'émiette aux tiraillements de l'intrigue ; le haut de la société s'abâtardit et dégénère ; un mortel affaiblissement se fait sentir à tous, au dehors comme au dedans ; les grandes choses de l'État sont tombées, les petites seules sont debout, triste spectacle public ; plus de police, plus d'armée, plus de finances ; chacun devine que la fin arrive. De là, dans tous les esprits, ennui de la veille, crainte du lendemain, défiance de tout homme, découragement de toute chose, dégoût profond. Comme la maladie de l'État est dans la tête, la noblesse, qui y touche, en est la première atteinte. Que devient-elle alors ? Une partie des gentilshommes, la moins honnête et la moins généreuse, reste à la cour. Tout va être englouti, le temps presse, il faut se hâter, il faut s'enrichir, s'agrandir, et profiter des circonstances. On ne songe plus qu'à soi. Chacun se fait, sans pitié pour le pays, une petite fortune particulière dans un coin de la grande infortune publique. On est courtisan, on est ministre, on se dépêche d'être heureux et puissant. On a de l'esprit, on se déprave, et l'on réussit. Les ordres de l'État, les dignités, les places, l'argent, on prend tout, on veut tout, on pille tout. On ne vit plus que par l'ambition et la cupidité. On cache les désordres secrets que peut engendrer l'infirmité humaine sous beaucoup de gravité extérieure. Et, comme cette vie acharnée aux vanités et aux jouissances de l'orgueil a pour première condition l'oubli de tous les sentiments naturels, on y devient féroce. Quand le jour de la disgrâce arrive, quelque chose de monstrueux se développe dans le courtisan tombé, et l'homme se change en démon.

L'état désespéré du royaume pousse l'autre moitié de la noblesse, la meilleure et la mieux née, dans une autre voie. Elle s'en va chez elle. Elle rentre dans ses palais, dans ses châteaux, dans ses seigneuries. Elle a horreur des affaires, elle n'y peut rien, la fin du monde approche ; qu'y faire et à quoi bon se désoler ? Il faut s'étourdir, fermer les yeux, vivre, boire, aimer, jouir. Qui sait ? A-t-on même un an devant soi ? Cela dit, ou même simplement senti, le gentilhomme prend la chose au vif, décuple sa livrée[1], achète des chevaux, enrichit des femmes,

1. *Décuple sa livrée :* prend quantité de nouveaux domestiques.

ordonne des fêtes, paie des orgies, jette, donne, vend, achète, hypothèque, compromet, dévore, se livre aux usuriers et met le feu aux quatre coins de son bien. Un beau matin, il lui arrive un malheur. C'est que, quoique la monarchie aille grand train, il s'est ruiné avant elle. Tout est fini, tout est brûlé. De toute cette belle vie flamboyante il ne reste pas même de la fumée ; elle s'est envolée. De la cendre, rien de plus. Oublié et abandonné de tous, excepté de ses créanciers, le pauvre gentilhomme devient alors ce qu'il peut, un peu aventurier, un peu spadassin [1], un peu bohémien. Il s'enfonce et disparaît dans la foule, grande masse terne et noire que, jusqu'à ce jour, il a à peine entrevue de loin sous ses pieds. Il s'y plonge, il s'y réfugie. Il n'a plus d'or, mais il lui reste le soleil, cette richesse de ceux qui n'ont rien. Il a d'abord habité le haut de la société, voici maintenant qu'il vient se loger dans le bas, et qu'il s'en accommode ; il se moque de son parent l'ambitieux, qui est riche et qui est puissant ; il devient philosophe, et il compare les voleurs aux courtisans. Du reste, bonne, brave, loyale et intelligente nature ; mélange du poète, du gueux et du prince ; riant de tout ; faisant aujourd'hui rosser le guet [2] par ses camarades comme autrefois par ses gens, mais n'y touchant pas ; alliant dans sa manière, avec quelque grâce, l'impudence du marquis à l'effronterie du zingaro [3] ; souillé au dehors, sain au dedans ; et n'ayant plus du gentilhomme que son honneur qu'il garde, son nom qu'il cache, et son épée qu'il montre.

Si le double tableau que nous venons de tracer s'offre dans l'histoire de toutes les monarchies à un moment donné, il se présente particulièrement en Espagne d'une façon frappante à la fin du dix-septième siècle. Ainsi, si l'auteur avait réussi à exécuter cette partie de sa pensée, ce qu'il est loin de supposer,

1. *Spadassin :* homme qui manie l'épée et cherche les duels. \ **2.** *Le guet :* la garde. \ **3.** *Zingaro :* Tzigane.

dans le drame qu'on va lire, la première moitié de la noblesse espagnole à cette époque se résumerait en don Salluste, et la seconde moitié en don César. Tous deux cousins, comme il convient.

Ici, comme partout, en esquissant ce croquis de la noblesse castillane vers 1695, nous réservons, bien entendu, les rares et vénérables exceptions. – Poursuivons.

En examinant toujours cette monarchie et cette époque, au-dessous de la noblesse ainsi partagée, et qui pourrait, jusqu'à un certain point, être personnifiée dans les deux hommes que nous venons de nommer, on voit remuer dans l'ombre quelque chose de grand, de sombre et d'inconnu. C'est le peuple. Le peuple, qui a l'avenir et qui n'a pas le présent ; le peuple, orphelin, pauvre, intelligent et fort ; placé très bas, et aspirant très haut ; ayant sur le dos les marques de la servitude et dans le cœur les préméditations du génie ; le peuple, valet des grands seigneurs, et amoureux, dans sa misère et dans son abjection, de la seule figure qui, au milieu de cette société écroulée, représente pour lui, dans un divin rayonnement, l'autorité, la charité et la fécondité. Le peuple, ce serait Ruy Blas.

Maintenant, au-dessus de ces trois hommes qui, ainsi considérés, feraient vivre et marcher, aux yeux du spectateur, trois faits, et dans ces trois faits, toute la monarchie espagnole au dix-septième siècle ; au-dessus de ces trois hommes, disons-nous, il y a une pure et lumineuse créature, une femme, une reine. Malheureuse comme femme, car elle est comme si elle n'avait pas de mari ; malheureuse comme reine, car elle est comme si elle n'avait pas de roi ; penchée vers ceux qui sont au-dessous d'elle par pitié royale et par instinct de femme aussi peut-être, et regardant en bas pendant que Ruy Blas, le peuple, regarde en haut.

Aux yeux de l'auteur, et sans préjudice de ce que les personnages accessoires peuvent apporter à la vérité de l'ensemble, ces quatre têtes ainsi groupées résumeraient les principales saillies qu'offrait au regard du philosophe historien la monarchie espagnole il y a cent quarante ans. À ces quatre têtes il semble qu'on pourrait en ajouter une cinquième, celle du roi Charles II. Mais, dans l'histoire comme dans le drame, Charles II d'Espagne n'est pas une figure, c'est une ombre.

À présent, hâtons-nous de le dire, ce qu'on vient de lire n'est point l'explication de *Ruy Blas*. C'en est simplement un des aspects. C'est l'impression particulière que pourrait laisser ce drame, s'il valait la peine d'être étudié, à l'esprit grave et consciencieux qui l'examinerait, par exemple, du point de vue de la philosophie de l'histoire.

Mais, si peu qu'il soit, ce drame, comme toutes les choses de ce monde, a beaucoup d'autres aspects et peut être envisagé de beaucoup d'autres manières. On peut prendre plusieurs vues d'une idée comme d'une montagne. Cela dépend du lieu où l'on se place. Qu'on nous passe, seulement pour rendre claire notre idée, une comparaison infiniment trop ambitieuse : le mont Blanc, vu de la Croix-de-Fléchères, ne ressemble pas au mont Blanc vu de Sallenches. Pourtant c'est toujours le mont Blanc.

De même, pour tomber d'une très grande chose à une très petite, ce drame, dont nous venons d'indiquer le sens historique, offrirait une toute autre figure, si on le considérait d'un point de vue beaucoup plus élevé encore, du point de vue purement humain. Alors don Salluste serait l'égoïsme absolu, le souci sans repos ; don César, son contraire, serait le désintéressement et l'insouciance ; on verrait dans Ruy Blas le génie et la passion comprimés par la société et s'élançant d'autant plus haut que la compression est plus violente ; la reine enfin, ce serait la vertu minée par l'ennui.

Au point de vue uniquement littéraire, l'aspect de cette pensée telle quelle intitulée : *Ruy Blas*, changerait encore. Les trois formes souveraines de l'art pourraient y paraître personnifiées et résumées. Don Salluste serait le drame, don César la comédie, Ruy Blas la tragédie. Le drame noue l'action, la comédie l'embrouille, la tragédie la tranche.

Tous ces aspects sont justes et vrais, mais aucun d'eux n'est complet. La vérité absolue n'est que dans l'ensemble de l'œuvre. Que chacun y trouve ce qu'il y cherche, et le poète, qui ne s'en flatte pas du reste, aura atteint son but. Le sujet philosophique de *Ruy Blas*, c'est le peuple aspirant aux régions élevées ; le sujet humain, c'est un homme qui aime une femme ; le sujet dramatique, c'est un laquais qui aime une reine. La foule qui se presse chaque soir devant cette œuvre, parce qu'en France jamais l'attention publique n'a fait défaut aux tentatives de l'esprit, quelles qu'elles soient d'ailleurs, la foule, disons-nous, ne voit dans *Ruy Blas* que ce dernier sujet, le sujet dramatique, le laquais ; et elle a raison.

Et ce que nous venons de dire de *Ruy Blas* nous semble évident de tout autre ouvrage. Les œuvres vénérables des maîtres ont même cela de remarquable qu'elles offrent plus de faces à étudier que les autres. Tartuffe fait rire ceux-ci et trembler ceux-là. Tartuffe, c'est le serpent domestique ; ou bien c'est l'hypocrite ; ou bien c'est l'hypocrisie. C'est tantôt un homme, tantôt une idée. Othello pour les uns, c'est un noir qui aime une blanche ; pour les autres, c'est un parvenu qui a épousé une patricienne ; pour ceux-là, c'est un jaloux ; pour ceux-ci, c'est la jalousie. Et cette diversité d'aspects n'ôte rien à l'unité fondamentale de la composition. Nous l'avons déjà dit ailleurs : mille rameaux et un tronc unique.

Si l'auteur de ce livre a particulièrement insisté sur la signification historique de *Ruy Blas*, c'est que dans sa pensée, par le sens historique, et, il est vrai, par le sens historique uniquement, *Ruy Blas* se rattache à *Hernani*. Le grand fait de la noblesse se montre, dans *Hernani* comme dans *Ruy Blas*, à côté du grand fait de la royauté. Seulement, dans *Hernani*, comme la royauté absolue n'est pas faite, la noblesse lutte encore contre le roi, ici avec l'orgueil, là avec l'épée ; à demi féodale, à demi rebelle. En 1519, le seigneur vit loin de la cour dans la montagne, en bandit comme Hernani, ou en patriarche comme Ruy Gomez. Deux cents ans plus tard, la question est retournée. Les vassaux sont devenus des courtisans. Et, si le seigneur sent encore d'aventure le besoin de cacher son nom, ce n'est pas pour échapper au roi, c'est pour échapper à ses créanciers. Il ne se fait pas bandit, il se fait bohémien. – On sent que la royauté absolue a passé pendant de longues années sur ces nobles têtes, courbant l'une, brisant l'autre.

Et puis, qu'on nous permette ce dernier mot, entre *Hernani* et *Ruy Blas* deux siècles de l'Espagne sont encadrés ; deux grands siècles, pendant lesquels il a été donné à la descendance de Charles Quint de dominer le monde ; deux siècles que la Providence, chose remarquable, n'a pas voulu allonger d'une heure, car Charles Quint naît en 1500, et Charles II meurt en 1700. En 1700, Louis XIV héritait de Charles Quint, comme en 1800 Napoléon héritait de Louis XIV. Ces grandes apparitions de dynasties qui illuminent par moments l'histoire sont pour l'auteur un beau et mélancolique spectacle sur lequel ses yeux se fixent souvent. Il essaie parfois d'en transporter quelque chose dans ses œuvres. Ainsi il a voulu remplir *Hernani* du rayonnement d'une aurore, et couvrir *Ruy Blas* des ténèbres d'un crépuscule. Dans *Hernani*, le soleil de la maison d'Autriche se lève ; dans *Ruy Blas*, il se couche.

Paris, 25 novembre 1838.

Personnages

Ruy Blas
Don Salluste de Bazan
Don César de Bazan
Don Guritan
Le comte de Camporeal
Le marquis de Santa-Cruz
Le marquis del Basto
Le comte d'Albe
Le marquis de Priego
Don Manuel Arias
Montazgo
Don Antonio Ubilla
Covadenga
Gudiel
Un laquais
Un alcade [1]
Un huissier
Un alguazil [2].
Un page
Dona Maria de Neubourg, reine d'Espagne
La duchesse d'Albuquerque
Casilda

1. *Alcade:* juge. \ 2. *Alguazil:* agent de police.

UNE DUÈGNE[1].

DAMES, SEIGNEURS, CONSEILLERS PRIVÉS, PAGES, DUÈGNES, ALGUAZILS, GARDES, HUISSIERS DE CHAMBRE ET DE COUR.

Madrid. – 169…

1. *Duègne :* vieille gouvernante chargée de surveiller une princesse.

Acte premier

Don Salluste

Le salon de Danaé[1] *dans le palais du roi, à Madrid. Ameublement magnifique dans le goût demi-flamand du temps de Philippe IV*[2]*. À gauche, une grande fenêtre à châssis dorés et à petits carreaux. Des deux côtés, sur un pan coupé, une porte basse donnant dans quelque appartement intérieur. Au fond, une grande cloison vitrée à châssis dorés s'ouvrant par une large porte également vitrée sur une longue galerie. Cette galerie, qui traverse tout le théâtre, est masquée par d'immenses rideaux qui tombent du haut en bas de la cloison vitrée. Une table, un fauteuil, et ce qu'il faut pour écrire.*

Don Salluste entre par la petite porte de gauche, suivi de Ruy Blas et de Gudiel, qui porte une cassette et divers paquets qu'on dirait disposés pour un voyage. Don Salluste est vêtu de velours noir, costume de cour du temps de Charles II[3]*. La Toison d'or*[4] *au cou. Par-dessus l'habillement noir, un riche manteau de velours vert clair, brodé d'or et doublé de satin noir. Épée à grande coquille*[5]*. Chapeau à plumes blanches. Gudiel est en noir, épée au côté. Ruy Blas est en livrée*[6]*. Haut-de-chausses*[7] *et justaucorps*[8] *bruns. Surtout*[9] *galonné, rouge et or. Tête nue. Sans épée.*

---

1. *Danaé:* personnage de la mythologie grecque peint par Titien. Le tableau se trouve au musée du Prado, à Madrid. \ **2.** *Philippe IV:* roi d'Espagne de 1621 à 1665, père de Charles II. \ **3.** *Charles II:* roi d'Espagne de 1665 à 1700. \ **4.** *Toison d'or:* insigne d'un ordre de chevalerie instauré par Philippe le Bon en 1429. \ **5.** *Coquille:* protection qui entoure le poing de l'escrimeur. \ **6.** *Livrée:* habit de domestique. \ **7.** *Haut-de-chausses:* culotte. \ **8.** *Justaucorps:* veste serrée à la taille. \ **9.** *Surtout:* vêtement porté par-dessus les autres.

Scène première

Don Salluste de Bazan, Gudiel ; *par instants* Ruy Blas

Don Salluste

TEXTE 6

Ruy Blas, fermez la porte, – ouvrez cette fenêtre.
Ruy Blas obéit, puis, sur un signe de don Salluste, il sort par la porte du fond. Don Salluste va à la fenêtre.
Ils dorment encor tous ici, – le jour va naître.
Il se tourne brusquement vers Gudiel.

TEXTE 7

Ah ! c'est un coup de foudre !... – oui, mon règne est passé,
Gudiel ! – renvoyé, disgracié, chassé ! –
Ah ! Tout perdre en un jour ! – L'aventure est secrète
Encor, n'en parle pas. – Oui, pour une amourette,
– Chose, à mon âge, sotte et folle, j'en convien[1] ! –
Avec une suivante, une fille de rien !
Séduite, beau malheur ! parce que la donzelle
Est à la reine, et vient de Neubourg[2] avec elle,
Que cette créature a pleuré contre moi,
Et traîné son enfant dans les chambres du roi ;
Ordre de l'épouser. Je refuse. On m'exile !
On m'exile ! Et vingt ans d'un labeur difficile,
Vingt ans d'ambition, de travaux nuit et jour ;
Le président haï des alcades[3] de cour,
Dont nul ne prononçait le nom sans épouvante ;
Le chef de la maison de Bazan, qui s'en vante ;
Mon crédit, mon pouvoir ; tout ce que je rêvais,
Tout ce que je faisais et tout ce que j'avais,
Charge, emplois, honneurs, tout en un instant s'écroule
Au milieu des éclats de rire de la foule !

---

1. *Convien :* licence orthographique admise à la rime. \ **2.** *Neubourg :* ville de Bavière. \ **3.** *Alcades :* juges.

Gudiel

Nul ne le sait encor, monseigneur.

Don Salluste

Mais demain !
Demain, on le saura ! – Nous serons en chemin !
Je ne veux pas tomber, non, je veux disparaître !
Il déboutonne violemment son pourpoint.
– Tu m'agrafes toujours comme on agrafe un prêtre,
Tu serres mon pourpoint, et j'étouffe, mon cher !
Il s'assied.
Oh ! mais je vais construire, et sans en avoir l'air,
Une sape [1] profonde, obscure et souterraine !
– Chassé ! –
Il se lève.

Gudiel

D'où vient le coup, monseigneur ?

Don Salluste

De la reine.
Oh ! je me vengerai, Gudiel ! Tu m'entends !
Toi dont je suis l'élève, et qui depuis vingt ans
M'as aidé, m'as servi dans les choses passées,
Tu sais bien jusqu'où vont dans l'ombre mes pensées.
Comme un bon architecte, au coup d'œil exercé
Connaît la profondeur du puits qu'il a creusé.
Je pars. Je vais aller à Finlas, en Castille,
Dans mes états, – et là, songer ! – Pour une fille !
– Toi, règle le départ, car nous sommes pressés.
Moi, je vais dire un mot au drôle que tu sais.
À tout hasard. Peut-il me servir ? Je l'ignore.

1. *Sape :* boyau creusé sous un mur pour surprendre l'ennemi.

Ici jusqu'à ce soir je suis le maître encore.
Je me vengerai, va ! Comment ? Je ne sais pas ;
Mais je veux que ce soit effrayant ! – De ce pas
Va faire nos apprêts, et hâte-toi. – Silence !
Tu pars avec moi. Va.
Gudiel salue et sort.

Don Salluste, *appelant.*
– Ruy Blas !

Ruy Blas, *se présentant à la porte du fond.*
Votre excellence ?

Don Salluste
Comme je ne dois plus coucher dans le palais,
Il faut laisser les clefs et clore les volets.

Ruy Blas, *s'inclinant.*
Monseigneur, il suffit.

Don Salluste
Écoutez, je vous prie.
La reine va passer, là, dans la galerie,
En allant de la messe à sa chambre d'honneur,
Dans deux heures. Ruy Blas, soyez là.

Ruy Blas
Monseigneur,
J'y serai.

Don Salluste, *à la fenêtre.*
Voyez-vous cet homme dans[1] la place
Qui montre aux gens de garde un papier, et qui passe ?

1. *Dans :* sur.

Faites-lui, sans parler, signe qu'il peut monter.
Par l'escalier étroit.
Ruy Blas obéit. Don Salluste continue en lui montrant la petite porte à droite.
– Avant de nous quitter,
Dans cette chambre où sont les hommes de police,
Voyez donc si les trois alguazils[1] de service
Sont éveillés.

RUY BLAS

Il va à la porte, l'entr'ouvre et revient.
Seigneur, ils dorment.

DON SALLUSTE

Parlez bas.
J'aurai besoin de vous, ne vous éloignez pas.
Faites le guet afin que les fâcheux nous laissent.
Entre don César de Bazan. Chapeau défoncé. Grande cape déguenillée qui ne laisse voir de sa toilette que des bas mal tirés et des souliers crevés. Épée de spadassin[2]. Au moment où il entre, lui et Ruy Blas se regardent et font en même temps, chacun de leur côté, un geste de surprise.

DON SALLUSTE, *les observant, à part.*
Ils se sont regardés ! Est-ce qu'ils se connaissent ?
Ruy Blas sort.

1. *Alguazils :* policiers. \ **2.** *Spadassin :* homme habitué aux duels, parfois tueur à gages.

Scène 2

Don Salluste, don César

Don Salluste

Ah ! Vous voilà, bandit !

Don César

Oui, cousin, me voilà.

Don Salluste

C'est grand plaisir de voir un gueux[1] comme cela !

Don César, *saluant.*

Je suis charmé…

Don Salluste

Monsieur, on sait de vos histoires.

Don César, *gracieusement.*

Qui sont de votre goût ?

Don Salluste

Oui, des plus méritoires.
Don Charles de Mira l'autre nuit fut volé.
On lui prit son épée à fourreau ciselé
Et son buffle[2]. C'était la surveille[3] de Pâques.
Seulement, comme il est chevalier de Saint-Jacques[4],
La bande lui laissa son manteau.

Don César

Doux jésus !

Pourquoi ?

1. *Gueux :* misérable, coquin, fripon. \ 2. *Buffle :* justaucorps en peau de buffle qui servait de cuirasse. \ 3. *Surveille :* avant-veille. \ 4. *Saint-Jacques :* ordre dont les chevaliers portaient un manteau blanc orné d'une croix rouge.

Don Salluste

Parce que l'ordre était brodé dessus.
Eh bien, que dites-vous de l'algarade[1] ?

Don César

Ah ! Diable !
Je dis que nous vivons dans un siècle effroyable !
Qu'allons-nous devenir, bon dieu ! Si les voleurs
Vont courtiser saint Jacque[2] et le mettre des leurs ?

Don Salluste

Vous en étiez !

Don César

Eh bien, – oui ! s'il faut que je parle,
J'étais là. Je n'ai pas touché votre don Charle[3],
J'ai donné seulement des conseils.

Don Salluste

Mieux encor.
La lune étant couchée, hier, Plaza-Mayor[4],
Toutes sortes de gens, sans coiffe et sans semelle,
Qui hors d'un bouge[5] affreux se ruaient pêle-mêle,
Ont attaqué le guet[6]. – Vous en étiez !

Don César

Cousin,
J'ai toujours dédaigné de battre un argousin[7].
J'étais là. Rien de plus. Pendant les estocades[8],
Je marchais en faisant des vers sous les arcades.
On s'est fort assommé.

1. *Algarade :* attaque à main armée. \ **2.** *Saint Jacque :* licence orthographique admise. \ **3.** *Charle :* licence orthographique pour la rime. \ **4.** *Plaza-Mayor :* la grande place de Madrid. \ **5.** *Bouge :* établissement mal fréquenté. \ **6.** *Le guet :* la garde. \ **7.** *Argousin :* agent de police (mot familier d'origine italienne). \ **8.** *Estocades :* coups donnés de la pointe de l'épée.

DON SALLUSTE

Ce n'est pas tout.

DON CÉSAR

Voyons.

DON SALLUSTE

En France, on vous accuse, entr'autres actions,
Avec vos compagnons à toute loi rebelles,
D'avoir ouvert sans clef la caisse des gabelles[1].

DON CÉSAR

Je ne dis pas. – La France est pays ennemi.

DON SALLUSTE

En Flandre, rencontrant dom[2] Paul Barthélemy,
Lequel portait à Mons le produit d'un vignoble
Qu'il venait de toucher pour le chapitre noble[3],
Vous avez mis la main sur l'argent du clergé.

DON CÉSAR

En Flandre ? – il se peut bien. J'ai beaucoup voyagé.
– Est-ce tout ?

DON SALLUSTE

Don César, la sueur de la honte,
Lorsque je pense à vous, à la face me monte.

DON CÉSAR

Bon. Laissez-la monter.

1. *Gabelles :* impôt sur le sel. \ 2. *Dom :* titre religieux (alors que don est un titre de noblesse). \ 3. *Chapitre noble :* assemblée de chanoines constituée exclusivement de membres de la noblesse.

DON SALLUSTE

Notre famille…

DON CÉSAR

Non.

Car vous seul à Madrid connaissez mon vrai nom.
Ainsi ne parlons pas famille !

DON SALLUSTE

Une marquise
Me disait l'autre jour en sortant de l'église :
– Quel est donc ce brigand, qui, là-bas, nez au vent,
Se carre, l'œil au guet et la hanche en avant,
Plus délabré que Job[1] et plus fier que Bragance[2],
Drapant sa gueuserie[3] avec son arrogance,
Et qui, froissant du poing sous sa manche en haillons,
L'épée à lourd pommeau qui lui bat les talons,
Promène, d'une mine altière et magistrale,
Sa cape en dents de scie et ses bas en spirale ?

DON CÉSAR, *jetant un coup d'œil sur sa toilette.*

Vous avez répondu : c'est ce cher Zafari[4] !

DON SALLUSTE

Non ; j'ai rougi, monsieur !

DON CÉSAR

Eh bien ! la dame a ri.
Voilà. J'aime beaucoup faire rire les femmes.

DON SALLUSTE

Vous n'allez fréquentant que spadassins infâmes !

1. *Job :* personnage de la Bible que Dieu dépouilla de ses biens pour le mettre à l'épreuve. \ 2. *Bragance :* famille royale du Portugal. \ 3. *Gueuserie :* misère. \ 4. *Zafari :* nom d'emprunt de don César.

Don César

Des clercs[1] ! des écoliers doux comme des moutons !

Don Salluste

Partout on vous rencontre avec des jeannetons[2] !

Don César

Ô lucindes d'amour ! ô douces Isabelles !
Eh bien ! Sur votre compte on en entend de belles !
Quoi ! l'on vous traite ainsi, beautés à l'œil mutin,
À qui je dis le soir mes sonnets du matin !

Don Salluste

Enfin, Matalobos[3], ce voleur de Galice
Qui désole Madrid malgré notre police,
Il est de vos amis !

Don César

Raisonnons, s'il vous plaît.
Sans lui j'irais tout nu, ce qui serait fort laid.
Me voyant sans habit, dans la rue, en décembre,
La chose le toucha. – Ce fat[4] parfumé d'ambre,
Le comte d'Albe, à qui l'autre mois fut volé
Son beau pourpoint de soie…

Don Salluste

Eh bien ?

Don César

C'est moi qui l'ai.
Matalobos me l'a donné.

1. *Clercs :* étudiants, séminaristes. \ 2. *Jeannetons :* filles des rues (diminutif péjoratif de Jeanne). \ 3. *Matalobos :* littéralement « qui tue les loups » (nom inventé par Hugo). \ 4. *Fat :* vaniteux.

DON SALLUSTE

L'habit du comte !
Vous n'êtes pas honteux ?…

DON CÉSAR

Je n'aurai jamais honte
De mettre un bon pourpoint, brodé, passementé[1],
Qui me tient chaud l'hiver et me fait beau l'été.
– Voyez, il est tout neuf. –

Il entrouvre son manteau qui laisse voir un superbe pourpoint de satin rose brodé d'or.

Les poches en sont pleines
De billets doux au comte adressés par centaines.
Souvent, pauvre, amoureux, n'ayant rien sous la dent,
J'avise une cuisine au soupirail ardent
D'où la vapeur des mets aux narines me monte ;
Je m'assieds là. J'y lis les billets doux du comte,
Et, trompant l'estomac et le cœur tour à tour,
J'ai l'odeur du festin et l'ombre de l'amour !

DON SALLUSTE

Don César…

DON CÉSAR

Mon cousin, tenez, trêve aux reproches.
Je suis un grand seigneur, c'est vrai, l'un de vos proches ;
Je m'appelle César, comte de Garofa ;
Mais le sort de folie en naissant me coiffa.
J'étais riche, j'avais des palais, des domaines,
Je pouvais largement renter les Célimènes[2].
Bah ! mes vingt ans n'étaient pas encor révolus

1. *Passementé:* brodé d'ornements d'or et de soie. \ **2.** *Célimènes:* coquettes (allusion au personnage de Célimène dans *Le Misanthrope* de Molière).

Que j'avais mangé tout ! Il ne me restait plus
De mes prospérités, ou réelles, ou fausses,
Qu'un tas de créanciers hurlant après mes chausses[1].
Ma foi, j'ai pris la fuite et j'ai changé de nom.
À présent, je ne suis qu'un joyeux compagnon,
Zafari, que hors vous nul ne peut reconnaître.
Vous ne me donnez pas du tout d'argent, mon maître ;
Je m'en passe. Le soir, le front sur un pavé,
Devant l'ancien palais des comtes de Tévé,
– C'est là, depuis neuf ans, que la nuit je m'arrête, –
Je vais dormir avec le ciel bleu sur ma tête.
Je suis heureux ainsi. Pardieu, c'est un beau sort !
Tout le monde me croit dans l'Inde, au diable, – mort.
La fontaine voisine a de l'eau, j'y vais boire,
Et puis je me promène avec un air de gloire.
Mon palais, d'où jadis mon argent s'envola,
Appartient à cette heure au nonce[2] Espinola,
C'est bien. Quand par hasard jusque-là je m'enfonce,
Je donne des avis aux ouvriers du nonce
Occupés à sculpter sur la porte un Bacchus[3]. –
Maintenant, pouvez-vous me prêter dix écus ?

DON SALLUSTE

Écoutez-moi…

DON CÉSAR, *croisant les bras.*

Voyons à présent votre style.

DON SALLUSTE

Je vous ai fait venir, c'est pour vous être utile.
César, sans enfants, riche, et de plus votre aîné,

1. *Après mes chausses :* après moi. \ **2.** *Nonce :* ambassadeur du pape. \ **3.** *Bacchus :* équivalent romain de Dionysos, dieu du vin chez les Grecs.

Je vous vois à regret vers l'abîme entraîné,
Je veux vous en tirer. Bravache[1] que vous êtes,
Vous êtes malheureux. Je veux payer vos dettes,
Vous rendre vos palais, vous remettre à la cour,
Et refaire de vous un beau seigneur d'amour.
Que Zafari s'éteigne et que César renaisse.
Je veux qu'à votre gré vous puisiez dans ma caisse,
Sans crainte, à pleines mains, sans soin de l'avenir.
Quand on a des parents il faut les soutenir,
César, et pour les siens se montrer pitoyable…

Pendant que don Salluste parle, le visage de don César prend une expression de plus en plus étonnée, joyeuse et confiante ; enfin il éclate.

DON CÉSAR

Vous avez toujours eu de l'esprit comme un diable,
Et c'est fort éloquent ce que vous dites là.
– Continuez !

DON SALLUSTE

César, je ne mets à cela
Qu'une condition. – Dans l'instant je m'explique.
Prenez d'abord ma bourse.

DON CÉSAR, *empoignant la bourse, qui est pleine d'or.*

Ah ça ! c'est magnifique !

DON SALLUSTE

Et je vous vais donner cinq cents ducats[2]…

DON CÉSAR, *ébloui.*

Marquis !

1. *Bravache :* qui fait le brave. \ **2.** *Ducats :* pièces d'or.

DON SALLUSTE, *continuant.*

Dès aujourd'hui !

DON CÉSAR

Pardieu, je vous suis tout acquis.
Quant aux conditions, ordonnez. Foi de brave !
Mon épée est à vous. Je deviens votre esclave,
Et, si cela vous plaît, j'irai croiser le fer
Avec don Spavento [1], capitan de l'enfer.

DON SALLUSTE

Non, je n'accepte pas, don César, et pour cause,
Votre épée.

DON CÉSAR

Alors quoi ? je n'ai guère autre chose.

DON SALLUSTE, *se rapprochant de lui et baissant la voix.*

Vous connaissez – et c'est en ce cas un bonheur, –
Tous les gueux de Madrid ?

DON CÉSAR

Vous me faites honneur.

DON SALLUSTE

Vous en traînez toujours après vous une meute ;
Vous pourriez, au besoin, soulever une émeute,
Je le sais. Tout cela peut-être servira.

DON CÉSAR, *éclatant de rire.*

D'honneur ! vous avez l'air de faire un opéra.
Quelle part donnez-vous dans l'œuvre à mon génie ?

1. *Don Spavento :* littéralement, « qui épouvante » ; personnage bouffon de la comédie italienne.

Sera-ce le poème ou bien la symphonie ?
Commandez. Je suis fort pour le charivari[1].

DON SALLUSTE, *gravement.*

Je parle à don César et non à Zafari.
Baissant la voix de plus en plus.
Écoute. J'ai besoin, pour un résultat sombre,
De quelqu'un qui travaille à mon côté dans l'ombre
Et qui m'aide à bâtir un grand événement.
Je ne suis pas méchant, mais il est tel moment
Où le plus délicat, quittant toute vergogne[2],
Doit retrousser sa manche et faire la besogne.
Tu seras riche, mais il faut m'aider sans bruit
À dresser, comme font les oiseleurs la nuit,
Un bon filet caché sous un miroir qui brille,
Un piège d'alouette ou bien de jeune fille.
Il faut, par quelque plan terrible et merveilleux,
– Tu n'es pas, que je pense, un homme scrupuleux, –
Me venger !

DON CÉSAR

Vous venger ?

DON SALLUSTE

Oui.

DON CÉSAR

De qui ?

DON SALLUSTE

D'une femme.

1. *Charivari :* chahut. \ 2. *Vergogne :* honte, scrupule.

Don César

Il se redresse et regarde fièrement don Salluste.

Ne m'en dites pas plus. Halte-là ! – sur mon âme,
Mon cousin, en ceci voilà mon sentiment :
Celui qui, bassement et tortueusement,
Se venge, ayant le droit de porter une lame,
Noble, par une intrigue, homme, sur une femme,
Et qui, né gentilhomme[1], agit en alguazil,
Celui-là, – fût-il grand de Castille, fût-il
Suivi de cent clairons sonnant des tintamarres,
Fût-il tout harnaché d'ordres[2] et de chamarres[3],
Et marquis, et vicomte, et fils des anciens preux, –
N'est pour moi qu'un maraud[4] sinistre et ténébreux
Que je voudrais, pour prix de sa lâcheté vile,
Voir pendre à quatre clous au gibet de la ville !

Don Salluste

César !…

Don César

N'ajoutez pas un mot, c'est outrageant.

Il jette la bourse aux pieds de don Salluste.

Gardez votre secret, et gardez votre argent.
Oh ! je comprends qu'on vole, et qu'on tue, et qu'on pille ;
Que par une nuit noire on force une bastille[5],
D'assaut, la hache au poing, avec cent flibustiers[6] ;
Qu'on égorge estafiers[7], geôliers[8] et guichetiers,
Tous, taillant et hurlant, en bandits que nous sommes,
Œil pour œil, dent pour dent, c'est bien ! hommes contre [hommes !

1. *Gentilhomme :* de famille noble. \ 2. *Ordres :* décorations. \ 3. *Chamarres :* ornements somptueux. \ 4. *Maraud :* fripon. \ 5. *Bastille :* prison. \ 6. *Flibustiers :* pirates. \ 7. *Estafiers :* agents de la police secrète. \ 8. *Geôliers :* gardiens de prison.

Mais doucement détruire une femme ! et creuser
Sous ses pieds une trappe ! et contre elle abuser,
Qui sait ? de son humeur peut-être hasardeuse[1] !
Prendre ce pauvre oiseau dans quelque glu hideuse !
Oh ! plutôt qu'arriver jusqu'à ce déshonneur,
Plutôt qu'être, à ce prix, un riche et haut seigneur,
– Et je le dis ici pour Dieu qui voit mon âme, –
J'aimerais mieux, plutôt qu'être à ce point infâme,
Vil, odieux, pervers, misérable et flétri,
Qu'un chien rongeât mon crâne au pied du pilori[2] !

Don Salluste

Cousin…

Don César

De vos bienfaits je n'aurai nulle envie,
Tant que je trouverai, vivant ma libre vie,
Aux fontaines de l'eau, dans les champs le grand air,
À la ville un voleur qui m'habille l'hiver,
Dans mon âme l'oubli des prospérités mortes,
Et devant vos palais, monsieur, de larges portes
Où je puis, à midi, sans souci du réveil,
Dormir, la tête à l'ombre et les pieds au soleil !
– Adieu donc. – De nous deux Dieu sait quel est le juste.
Avec les gens de cour, vos pareils, don Salluste,
Je vous laisse, et je reste avec mes chenapans.
Je vis avec les loups, non avec les serpents.

Don Salluste

Un instant…

1. *Hasardeuse :* imprudente. \ 2. *Pilori :* poteau de torture.

Don César

Tenez, maître, abrégeons la visite.
Si c'est pour m'envoyer en prison, faites vite.

Don Salluste

Allons, je vous croyais, César, plus endurci.
L'épreuve vous est bonne et vous a réussi ;
Je suis content de vous. Votre main, je vous prie.

Don César

Comment !

Don Salluste

Je n'ai parlé que par plaisanterie.
Tout ce que j'ai dit là, c'est pour vous éprouver.
Rien de plus.

Don César

Ça, debout vous me faites rêver.
La femme, le complot, cette vengeance…

Don Salluste

Leurre !
Imagination ! chimère !

Don César

À la bonne heure.
Et l'offre de payer mes dettes ! vision ?
Et les cinq cents ducats ! imagination ?

Don Salluste

Je vais vous les chercher.
Il se dirige vers la porte du fond, et fait signe à Ruy Blas de rentrer.

Don César, *à part sur le devant,*
et regardant don Salluste de travers.
Hum ! visage de traître !
Quand la bouche dit oui, le regard dit peut-être.

Don Salluste, *à Ruy Blas.*
Ruy Blas, restez ici.
À don César.
Je reviens.
Il sort par la petite porte de gauche. Sitôt qu'il est sorti, don César et Ruy Blas vont vivement l'un à l'autre.

Scène 3

Don César, Ruy Blas

Don César
Sur ma foi,
Je ne me trompais pas. C'est toi, Ruy Blas ?

Ruy Blas
C'est toi,
Zafari ! Que fais-tu dans ce palais ?

Don César
J'y passe.
Mais je m'en vais. Je suis oiseau, j'aime l'espace.
Mais toi ? cette livrée ? est-ce un déguisement ?

Ruy Blas, *avec amertume.*
Non, je suis déguisé quand je suis autrement.

DON CÉSAR

Que dis-tu ?

RUY BLAS

Donne-moi ta main que je la serre,
Comme en cet heureux temps de joie et de misère
Où je vivais sans gîte, où le jour j'avais faim,
Où j'avais froid la nuit, où j'étais libre enfin !
– Quand tu me connaissais, j'étais un homme encore.
Tous deux nés dans le peuple, – hélas ! c'était l'aurore ! –
Nous nous ressemblions au point qu'on nous prenait
Pour frères ; nous chantions dès l'heure où l'aube naît,
Et le soir, devant Dieu, notre père et notre hôte,
Sous le ciel étoilé nous dormions côte à côte !
Oui, nous partagions tout. Puis enfin arriva
L'heure triste où chacun de son côté s'en va.
Je te retrouve, après quatre ans, toujours le même,
Joyeux comme un enfant, libre comme un bohème,
Toujours ce Zafari, riche en sa pauvreté,
Qui n'a rien eu jamais et n'a rien souhaité !
Mais moi, quel changement ! Frère, que te dirai-je ?
Orphelin, par pitié nourri dans un collège[1]
De science et d'orgueil, de moi, triste faveur !
Au lieu d'un ouvrier on a fait un rêveur.
Tu sais, tu m'as connu. Je jetais mes pensées
Et mes vœux vers le ciel en strophes insensées,
J'opposais cent raisons à ton rire moqueur.
J'avais je ne sais quelle ambition au cœur.
À quoi bon travailler ? Vers un but invisible
Je marchais, je croyais tout réel, tout possible,
J'espérais tout du sort ! – Et puis je suis de ceux

1. *Collège :* corps de personnes de même dignité.

Qui passent tout un jour, pensifs et paresseux,
Devant quelque palais regorgeant de richesses,
À regarder entrer et sortir des duchesses. –
Si bien qu'un jour, mourant de faim sur le pavé,
J'ai ramassé du pain, frère, où j'en ai trouvé :
Dans la fainéantise et dans l'ignominie.
Oh ! quand j'avais vingt ans, crédule à mon génie[1],
Je me perdais, marchant pieds nus dans les chemins,
En méditations sur le sort des humains ;
J'avais bâti des plans sur tout, – une montagne
De projets ; – je plaignais le malheur de l'Espagne ;
Je croyais, pauvre esprit, qu'au monde je manquais... –
Ami, le résultat, tu le vois : – un laquais !

DON CÉSAR

Oui, je le sais, la faim est une porte basse :
Et, par nécessité, lorsqu'il faut qu'il y passe,
Le plus grand est celui qui se courbe le plus.
Mais le sort a toujours son flux et son reflux.
Espère.

RUY BLAS, *secouant la tête.*

Le marquis de Finlas est mon maître.

DON CÉSAR

Je le connais. – Tu vis dans ce palais peut-être ?

RUY BLAS

Non, avant ce matin et jusqu'à ce moment,
Je n'en avais jamais passé le seuil.

1. *Crédule à mon génie :* croyant naïvement à mon talent.

Don César

Vraiment ?
Ton maître cependant pour sa charge y demeure ?

Ruy Blas

Oui, car la cour le fait demander à toute heure.
Mais il a quelque part un logis inconnu,
Où jamais en plein jour peut-être il n'est venu.
À cent pas du palais. Une maison discrète.
Frère, j'habite là. Par la porte secrète
Dont il a seul la clef, quelquefois, à la nuit,
Le marquis vient, suivi d'hommes qu'il introduit.
Ces hommes sont masqués et parlent à voix basse.
Ils s'enferment, et nul ne sait ce qui se passe.
Là, de deux noirs muets je suis le compagnon.
Je suis pour eux le maître. Ils ignorent mon nom.

Don César

Oui, c'est là qu'il reçoit, comme chef des alcades[1],
Ses espions ; c'est là qu'il tend ses embuscades.
C'est un homme profond qui tient tout dans sa main.

Ruy Blas

Hier, il m'a dit : – Il faut être au palais demain.
Avant l'aurore. Entrez par la grille dorée. –
En arrivant il m'a fait mettre la livrée,
Car l'habit odieux sous lequel tu me vois,
Je le porte aujourd'hui pour la première fois.

Don César, *lui serrant la main.*

Espère !

1. *Alcades :* juges.

RUY BLAS

Espérer ! Mais tu ne sais rien encore.
Vivre sous cet habit qui souille et déshonore,
Avoir perdu la joie et l'orgueil, ce n'est rien.
Être esclave, être vil ; qu'importe ? – Écoute bien :
Frère ! je ne sens pas cette livrée infâme,
Car j'ai dans ma poitrine une hydre[1] aux dents de flamme,
Qui me serre le cœur dans ses replis ardents.
Le dehors te fait peur ? Si tu voyais dedans !

DON CÉSAR

Que veux-tu dire ?

RUY BLAS

Invente, imagine, suppose.
Fouille dans ton esprit. Cherches-y quelque chose
D'étrange, d'insensé, d'horrible et d'inouï.
Une fatalité dont on soit ébloui !
Oui, compose un poison affreux, creuse un abîme
Plus sourd que la folie et plus noir que le crime,
Tu n'approcheras pas encor de mon secret.
– Tu ne devines pas ? – Hé ! qui devinerait ? –
Zafari ! dans le gouffre où mon destin m'entraîne,
Plonge les yeux ! – je suis amoureux de la reine !

DON CÉSAR

Ciel !

RUY BLAS

Sous un dais orné du globe impérial[2],
Il est, dans Aranjuez[3] ou dans l'Escurial[4],

---

1. *Hydre :* créature aux têtes innombrables. \ **2.** *Impérial :* emblème de l'empire de Charles Quint. \ **3.** *Aranjuez :* palais d'été des rois d'Espagne. \ **4.** *Escurial :* palais royal proche de Madrid.

– Dans ce palais, parfois, – mon frère, il est un homme
Qu'à peine on voit d'en bas, qu'avec terreur on nomme ;
Pour qui, comme pour Dieu, nous sommes égaux tous ;
Qu'on regarde en tremblant et qu'on sert à genoux ;
Devant qui se couvrir est un honneur insigne [1] ;
Qui peut faire tomber nos deux têtes d'un signe ;
Dont chaque fantaisie est un événement ;
Qui vit, seul et superbe, enfermé gravement
Dans une majesté redoutable et profonde,
Et dont on sent le poids dans la moitié du monde.
Eh bien ! – moi, le laquais, – tu m'entends, – eh bien ! oui,
Cet homme-là ! le roi ! je suis jaloux de lui !

DON CÉSAR

Jaloux du roi !

RUY BLAS

Hé, oui ! jaloux du roi ! sans doute,
Puisque j'aime sa femme !

DON CÉSAR

Oh ! malheureux !

RUY BLAS

Écoute.
Je l'attends tous les jours au passage. Je suis
Comme un fou. Ho ! sa vie est un tissu d'ennuis,
À cette pauvre femme ! – Oui, chaque nuit j'y songe ! –
Vivre dans cette cour de haine et de mensonge,
Mariée à ce roi qui passe tout son temps
À chasser ! Imbécile ! – un sot ! vieux à trente ans !
Moins qu'un homme ! à régner comme à vivre inhabile.

1. *Insigne :* remarquable.

– Famille qui s'en va ! – Le père[1] était débile[2]
Au point qu'il ne pouvait tenir un parchemin.
– Oh ! si belle et si jeune, avoir donné sa main
À ce roi Charles deux ! elle ! Quelle misère !
– Elle va tous les soirs chez les sœurs du Rosaire,
Tu sais ? En remontant la rue Ortaleza.
Comment cette démence en mon cœur s'amassa,
Je l'ignore. Mais juge ! elle aime une fleur bleue
D'Allemagne... – Je fais chaque jour une lieue
Jusqu'à Caramanchel[3], pour avoir de ces fleurs.
J'en ai cherché partout sans en trouver ailleurs.
J'en compose un bouquet ; je prends les plus jolies...
– Oh ! mais je te dis là des choses, des folies ! –
Puis à minuit, au parc royal, comme un voleur,
Je me glisse et je vais déposer cette fleur
Sur son banc favori. Même, hier, j'osai mettre
Dans le bouquet, – vraiment, plains-moi, frère ! – une lettre !
La nuit, pour parvenir jusqu'à ce banc, il faut
Franchir les murs du parc, et je rencontre en haut
Ces broussailles de fer qu'on met sur les murailles.
Un jour j'y laisserai ma chair et mes entrailles.
Trouve-t-elle mes fleurs, ma lettre ? Je ne sai[4].
Frère, tu le vois bien, je suis un insensé.

DON CÉSAR

Diable ! ton algarade a son danger. Prends garde.
Le comte d'Oñate, qui l'aime aussi, la garde
Et comme un majordome[5] et comme un amoureux.
Quelque reître[6], une nuit, gardien peu langoureux,
Pourrait bien, frère, avant que ton bouquet se fane,

1. *Le père :* Philippe IV \ 2. *Débile :* faible. \ 3. *Caramanchel :* Carabanchel, ville voisine de Madrid. \ 4. *Je ne sai :* licence orthographique. \ 5. *Majordome :* maître d'hôtel. \ 6. *Reître :* soldat brutal.

Te le clouer au cœur d'un coup de pertuisane[1]. –
Mais quelle idée ! aimer la reine ! ah ça, pourquoi ?
Comment diable as-tu fait ?

Ruy Blas, *avec emportement.*

Est-ce que je sais, moi !
– Oh ! mon âme au démon ! je la vendrais pour être
Un des jeunes seigneurs que, de cette fenêtre,
Je vois en ce moment, comme un vivant affront,
Entrer, la plume au feutre et l'orgueil sur le front !
Oui, je me damnerais pour dépouiller ma chaîne,
Et pour pouvoir comme eux m'approcher de la reine
Avec un vêtement qui ne soit pas honteux !
Mais, ô rage ! être ainsi, près d'elle ! devant eux !
En livrée ! un laquais ! être un laquais pour elle.
Ayez pitié de moi, mon Dieu !
Se rapprochant de don César.
Je me rappelle.
Ne demandais-tu pas pourquoi je l'aime ainsi,
Et depuis quand ?... – Un jour... – Mais à quoi bon ceci ?
C'est vrai, je t'ai toujours connu cette manie !
Par mille questions vous mettre à l'agonie !
Demander où ? comment ? quand ? pourquoi ? Mon sang bout !
Je l'aime follement ! Je l'aime, voilà tout !

Don César

Là, ne te fâche pas.

Ruy Blas, *tombant épuisé et pâle sur le fauteuil.*

Non. Je souffre. – Pardonne.
Ou plutôt, va, fuis-moi. Va-t'en, frère. Abandonne

1. *Pertuisane :* hallebarde, arme qui sert à percer.

Ce misérable fou qui porte avec effroi
Sous l'habit d'un valet les passions d'un roi !

Don César, *lui posant la main sur l'épaule.*

Te fuir ! – moi qui n'ai pas souffert, n'aimant personne,
Moi, pauvre grelot vide où manque ce qui sonne,
Gueux, qui vais mendiant l'amour je ne sais où,
À qui de temps en temps le destin jette un sou,
Moi, cœur éteint dont l'âme, hélas ! s'est retirée,
Du spectacle d'hier affiche déchirée,
Vois-tu, pour cet amour dont tes regards sont pleins,
Mon frère, je t'envie autant que je te plains !
– Ruy Blas ! –

Moment de silence. Ils se tiennent les mains serrées en se regardant tous les deux avec une expression de tristesse et d'amitié confiante.

Entre don Salluste. Il s'avance à pas lents, fixant un regard d'attention profonde sur don César et Ruy Blas, qui ne le voient pas. Il tient d'une main un chapeau et une épée qu'il dépose en entrant sur un fauteuil et de l'autre une bourse qu'il apporte sur la table.

Don Salluste, *à don César.*

Voici l'argent.

À la voix de don Salluste, Ruy Blas se lève comme réveillé en sursaut, et se tient debout, les yeux baissés, dans l'attitude du respect.

Don César, *à part, regardant don Salluste de travers.*

Hum ! le diable m'emporte !
Cette sombre figure écoutait à la porte.
Bah ! qu'importe, après tout !

Haut à don Salluste.

Don Salluste, merci.

Il ouvre la bourse, la répand sur la table et remue avec joie les ducats qu'il range en piles sur le tapis de velours. Pendant qu'il les compte, don Salluste va au fond, en regardant derrière lui s'il n'éveille pas l'attention de don César. Il ouvre la petite porte de droite. À un signe qu'il fait, trois alguazils armés d'épées et vêtus de noir en sortent. Don Salluste leur montre mystérieusement don César. Ruy Blas se tient immobile et debout près de la table comme une statue, sans rien voir ni rien entendre.

DON SALLUSTE, *bas, aux alguazils.*

Vous allez suivre, alors qu'il sortira d'ici,
L'homme qui compte là de l'argent. – En silence,
Vous vous emparerez de lui. – Sans violence. –
Vous l'irez embarquer, par le plus court chemin,
À Dénia[1]. –
Il leur remet un parchemin scellé.
Voici l'ordre écrit de ma main. –
Enfin, sans écouter sa plainte chimérique[2],
Vous le vendrez en mer aux corsaires d'Afrique.
Mille piastres[3] pour vous. Faites vite à présent !
Les trois alguazils s'inclinent et sortent.

DON CÉSAR, *achevant de ranger ses ducats.*

Rien n'est plus gracieux et plus divertissant
Que des écus à soi qu'on met en équilibre.
Il fait deux parts égales et se tourne vers Ruy Blas.
Frère, voici ta part.

RUY BLAS

Comment !

DON CÉSAR, *lui montrant une des deux piles d'or.*

Prends ! viens ! sois libre !

1. *Dénia :* port du sud de l'Espagne. \ 2. *Chimérique :* mensongère, ici. \ 3. *Piastres :* monnaie d'argent.

DON SALLUSTE, *qui les observe, à part.*

Diable !

RUY BLAS, *secouant la tête en signe de refus.*

Non. C'est le cœur qu'il faudrait délivrer.
Non, mon sort est ici. Je dois y demeurer.

DON CÉSAR

Bien. Suis ta fantaisie. Es-tu fou ? Suis-je sage ?
Dieu le sait.

Il ramasse l'argent et le jette dans le sac, qu'il empoche.

DON SALLUSTE, *au fond, à part, et les observant toujours.*

À peu près même air, même visage.

DON CÉSAR, *à Ruy Blas.*

Adieu.

RUY BLAS

Ta main !

Ils se serrent la main. Don César sort sans voir don Salluste qui se tient à l'écart.

Scène 4

RUY BLAS, DON SALLUSTE

DON SALLUSTE

Ruy Blas !

RUY BLAS, *se retournant vivement.*

Monseigneur ?

Don Salluste

Ce matin,
Quand vous êtes venu, je ne suis pas certain
S'il faisait jour déjà ?

Ruy Blas

Pas encore, excellence.
J'ai remis au portier votre passe[1] en silence,
Et puis je suis monté.

Don Salluste

Vous étiez en manteau ?

Ruy Blas

Oui, monseigneur.

Don Salluste

Personne, en ce cas, au château
Ne vous a vu porter cette livrée encore ?

Ruy Blas

Ni personne à Madrid.

Don Salluste, *désignant du doigt la porte par où est sorti don César.*

C'est fort bien. Allez clore
Cette porte. Quittez cet habit.

Ruy Blas dépouille son surtout de livrée et le jette sur un fauteuil.

Vous avez
Une belle écriture, il me semble. – Écrivez.

Il fait signe à Ruy Blas de s'asseoir à la table où sont les plumes et les écritoires. Ruy Blas obéit.

Vous m'allez aujourd'hui servir de secrétaire.

1. *Passe :* laissez-passer.

D'abord, un billet doux, – je ne veux rien vous taire, –
Pour ma reine d'amour, pour doña Praxedis,
Ce démon que je crois venu du paradis.
– Là, je dicte. « Un danger terrible est sur ma tête.
« Ma reine seule peut conjurer la tempête,
« En venant me trouver ce soir dans ma maison.
« Sinon, je suis perdu. Ma vie et ma raison
« Et mon cœur, je mets tout à ses pieds que je baise. »
Il rit et s'interrompt.
Un danger ! la tournure, au fait, n'est pas mauvaise
Pour l'attirer chez moi. C'est que, j'y suis expert.
Les femmes aiment fort à sauver qui les perd.
– Ajoutez : – « Par la porte au bas de l'avenue,
« Vous entrerez la nuit sans être reconnue.
« Quelqu'un de dévoué vous ouvrira. » – D'honneur,
C'est parfait. – Ah ! signez.

RUY BLAS

Votre nom, monseigneur ?

DON SALLUSTE

Non pas. Signez César. C'est mon nom d'aventure.

RUY BLAS, *après avoir obéi.*

La dame ne pourra connaître[1] l'écriture ?

DON SALLUSTE

Bah ! le cachet suffit. J'écris souvent ainsi.
Ruy Blas, je pars ce soir, et je vous laisse ici.
J'ai sur vous les projets d'un ami très sincère.
Votre état va changer, mais il est nécessaire
De m'obéir en tout. Comme en vous j'ai trouvé
Un serviteur discret, fidèle et réservé…

1. *Connaître :* reconnaître.

RUY BLAS, *s'inclinant.*

Monseigneur !

DON SALLUSTE, *continuant.*

Je vous veux faire un destin plus large.

RUY BLAS, *montrant le billet qu'il vient d'écrire.*

Où faut-il adresser la lettre ?

DON SALLUSTE

Je m'en charge.

S'approchant de Ruy Blas d'un air significatif.

Je veux votre bonheur.

Un silence. Il fait signe à Ruy Blas de se rasseoir à la table.

Écrivez : – « Moi, Ruy Blas,
« Laquais de monseigneur le marquis de Finlas,
« En toute occasion, ou secrète ou publique,
« M'engage à le servir comme un bon domestique. »

Ruy Blas obéit.

– Signez. De votre nom. La date. Bien. Donnez.

Il ploie et serre dans son portefeuille la lettre et le papier que Ruy Blas vient d'écrire.

On vient de m'apporter une épée. Ah ! tenez,
Elle est sur ce fauteuil.

Il désigne le fauteuil sur lequel il a posé l'épée et le chapeau. Il y va et prend l'épée.

L'écharpe est d'une soie
Peinte et brodée au goût le plus nouveau qu'on voie.

Il lui fait admirer la souplesse du tissu.

Touchez. – Que dites-vous, Ruy Blas, de cette fleur ?
La poignée est de Gil, le fameux ciseleur,
Celui qui le mieux creuse, au gré des belles filles,
Dans un pommeau d'épée une boîte à pastilles.

Il passe au cou de Ruy Blas l'écharpe, à laquelle est attachée l'épée.

Mettez-la donc. – Je veux en voir sur vous l'effet.
– Mais vous avez ainsi l'air d'un seigneur parfait !
Écoutant.
On vient… oui. C'est bientôt l'heure où la reine passe. –
– Le marquis del Basto ! –
la porte du fond sur la galerie s'ouvre. Don Salluste détache son manteau et le jette vivement sur les épaules de Ruy Blas, au moment où le marquis del Basto paraît ; puis il va droit au marquis, en entraînant avec lui Ruy Blas stupéfait.

Scène 5

DON SALLUSTE, RUY BLAS, DON PAMFILO D'AVALOS, MARQUIS DEL BASTO. – *Puis le* MARQUIS DE SANTA-CRUZ. – *Puis le* COMTE D'ALBE. – *Puis toute la cour.*

DON SALLUSTE, *au marquis del Basto.*
Souffrez qu'à Votre Grâce
Je présente, marquis, mon cousin don César,
Comte de Garofa près de Velalcazar [1].

RUY BLAS, *à part.*
Ciel !

DON SALLUSTE, *bas à Ruy Blas.*
Taisez-vous !

LE MARQUIS DEL BASTO, *saluant Ruy Blas.*
Monsieur… charmé…
Il lui prend la main, que Ruy Blas lui livre avec embarras.

1. *Velalcazar :* ville d'Andalousie.

DON SALLUSTE, *bas, à Ruy Blas.*

Laissez-vous faire.

Saluez !

Ruy Blas salue le marquis.

LE MARQUIS DEL BASTO, *à Ruy Blas.*

J'aimais fort madame votre mère.

Bas, à don Salluste, en lui montrant Ruy Blas.

Bien changé ! Je l'aurais à peine reconnu.

DON SALLUSTE, *bas au marquis.*

Dix ans d'absence !

LE MARQUIS DEL BASTO, *de même.*

Au fait[1] !

DON SALLUSTE, *frappant sur l'épaule de Ruy Blas.*

Le voilà revenu !

Vous souvient-il, marquis ? oh ! quel enfant prodigue !
Comme il vous répandait les pistoles sans digue[2] !
Tous les soirs danse et fête au vivier d'Apollo[3],
Et cent musiciens faisant rage sur l'eau !
À tous moments, galas, masques, concerts, fredaines[4],
Éblouissant Madrid de visions soudaines !
– En trois ans, ruiné ! – c'était un vrai lion.
– Il arrive de l'Inde avec le galion[5].

RUY BLAS, *avec embarras.*

Seigneur…

DON SALLUSTE, *gaiement.*

Appelez-moi cousin, car nous le sommes.

1. *Au fait ! :* en effet ! \ **2.** *Sans digue :* sans compter. \ **3.** *Apollo :* étang orné de statues, rendez-vous de la bonne société. \ **4.** *Fredaines :* écart de conduite, folie de jeunesse. \ **5.** *Galion :* navire rapportant l'or des Indes occidentales (l'Amérique).

Les Bazan sont, je crois, d'assez francs gentilshommes.
Nous avons pour ancêtre Iniguez d'Iviza.
Son petit-fils, Pedro de Bazan, épousa
Marianne de Gor. Il eut de Marianne
Jean, qui fut général de la mer Océane [1]
Sous le roi don Philippe, et Jean eut deux garçons
Qui sur notre arbre antique [2] ont greffé deux blasons [3].
Moi, je suis le marquis de Finlas ; vous, le comte
De Garofa. Tous deux se valent si l'on compte.
Par les femmes, César, notre rang est égal.
Vous êtes Aragon, moi je suis Portugal.
Votre branche n'est pas moins haute que la nôtre :
Je suis le fruit de l'une, et vous la fleur de l'autre.

RUY BLAS, *à part.*

Où donc m'entraîne-t-il ?

Pendant que don Salluste a parlé, le marquis de Santa-Cruz, don Alvar de bazan y Benavides, vieillard à moustache blanche et à grande perruque, s'est approché d'eux.

LE MARQUIS DE SANTA-CRUZ, *à don Salluste.*

Vous l'expliquez fort bien.
S'il est votre cousin, il est aussi le mien.

DON SALLUSTE

C'est vrai, car nous avons une même origine,
Monsieur de Santa-Cruz.

Il lui présente Ruy Blas.

Don César.

1. *Général de la mer Océane :* amiral de la flotte espagnole. \ 2. *Antique :* généalogique. \ 3. *Deux blasons :* armoiries d'une famille noble ; ici, deux branches, deux lignées.

Le marquis de Santa-Cruz

J'imagine

Que ce n'est pas celui qu'on croyait mort.

Don Salluste

Si fait.

Le marquis de Santa-Cruz

Il est donc revenu ?

Don Salluste

Des Indes.

Le marquis de Santa-Cruz, *examinant Ruy Blas.*

En effet !

Don Salluste

Vous le reconnaissez ?

Le marquis de Santa-Cruz

Pardieu ! je l'ai vu naître !

Don Salluste, *bas à Ruy Blas.*

Le bonhomme est aveugle et se défend de l'être.
Il vous a reconnu pour prouver ses bons yeux.

Le marquis de Santa-Cruz, *tendant la main à Ruy Blas.*

Touchez là, mon cousin.

Ruy Blas, *s'inclinant.*

Seigneur…

Le marquis de Santa-Cruz, *bas à don Salluste et lui montrant Ruy Blas.*

On n'est pas mieux !

À Ruy Blas.

Charmé de vous revoir !

Don Salluste, *bas au marquis et le prenant à part.*

Je vais payer ses dettes.
Vous le pouvez servir dans le poste où vous êtes.
Si quelque emploi de cour vaquait en ce moment,
Chez le roi, – chez la reine… –

Le marquis de Santa-Cruz, *bas.*

Un jeune homme charmant !
J'y vais songer. – Et puis, il est de la famille.

Don Salluste, *bas.*

Vous avez tout crédit au conseil de Castille,
Je vous le recommande.

Il quitte le marquis de Santa-Cruz, et va à d'autres seigneurs auxquels il présente Ruy Blas. Parmi eux le comte d'Albe, très superbement paré.

Don Salluste leur présentant Ruy Blas.

Un mien cousin, César,
Comte de Garofa, près de Velalcazar.

Les seigneurs échangent gravement des révérences avec Ruy Blas interdit.

Don Salluste au comte de Ribagorza.

Vous n'étiez pas hier au ballet d'Atalante[1] ?
Lindamire a dansé d'une façon galante.

Il s'extasie sur le pourpoint du comte d'Albe.

C'est très beau, comte d'Albe !

Le comte d'Albe

Ah ! j'en avais encor
Un plus beau. Satin rose avec des rubans d'or.
Matalobos me l'a volé.

1. *Ballet d'Atalante :* ballet à thème mythologique ; Hippomène séduit la princesse Atalante en triomphant d'elle à la course de vitesse.

UN HUISSIER DE COUR, *au fond.*

La reine approche.

Prenez vos rangs, messieurs.

Les grands rideaux de la galerie vitrée s'ouvrent. Les seigneurs s'échelonnent près de la porte. Des gardes font la haie. Ruy Blas, haletant, hors de lui, vient sur le devant comme pour s'y réfugier. Don Salluste l'y suit.

DON SALLUSTE, *bas à Ruy Blas.*

Est-ce que, sans reproche,
Quand votre sort grandit, votre esprit s'amoindrit ?
Réveillez-vous, Ruy Blas. Je vais quitter Madrid.
Ma petite maison, près du pont, où vous êtes,
– Je n'en veux rien garder, hormis les clefs secrètes, –
Ruy Blas, je vous la donne, et les muets aussi.
Vous recevrez bientôt d'autres ordres. Ainsi
Faites ma volonté, je fais votre fortune.
Montez, ne craignez rien, car l'heure est opportune.
La cour est un pays où l'on va sans voir clair.
Marchez les yeux bandés ; j'y vois pour vous, mon cher !

De nouveaux gardes paraissent au fond.

L'HUISSIER, *à haute voix.*

La reine !

RUY BLAS, *à part.*

La reine ! ah !

La reine, vêtue magnifiquement, paraît, entourée de dames et de pages, sous un dais de velours écarlate porté par quatre gentilshommes de chambre, tête nue. Ruy Blas, effaré, la regarde comme absorbé par cette resplendissante vision. Tous les grands d'Espagne se couvrent, le marquis del Basto, le comte d'Albe, le marquis de Santa-Cruz, don Salluste. Don Salluste va rapidement au fauteuil, et y prend le chapeau, qu'il apporte à Ruy Blas.

Don Salluste, *à Ruy Blas, en lui mettant le chapeau sur la tête.*

Quel vertige vous gagne ?
Couvrez-vous donc, César. Vous êtes grand d'Espagne.

Ruy Blas, *éperdu, bas à don Salluste.*

Et que m'ordonnez-vous, seigneur, présentement ?

Don Salluste, *lui montrant la reine, qui traverse lentement la galerie.*

De plaire à cette femme et d'être son amant.

Acte II

La reine d'Espagne

Un salon contigu à la chambre à coucher de la reine. À gauche, une petite porte donnant dans cette chambre. À droite, sur un pan coupé, une autre porte donnant dans les appartements extérieurs. Au fond, de grandes fenêtres ouvertes. C'est l'après-midi d'une belle journée d'été. Grande table. Fauteuils. Une figure de sainte, richement enchâssée, est adossée au mur ; au bas on lit : Santa Maria Esclava. *Au côté opposé est une madone devant laquelle brûle une lampe d'or. Près de la madone, un portrait en pied du roi Charles II.*

Au lever du rideau, la reine doña Maria de Neubourg est dans un coin, assise à côté d'une de ses femmes, jeune et jolie fille. La reine est vêtue de blanc, robe de drap d'argent. Elle brode et s'interrompt par moments pour causer. Dans le coin opposé est assise, sur une chaise à dossier, doña Juana de la Cueva, duchesse d'Albuquerque, camerera mayor[1]*, une tapisserie à la main ; vieille femme en noir. Près de la duchesse, à une table, plusieurs duègnes travaillant à des ouvrages de femme. Au fond, se tient don Guritan, comte d'Oñate, majordome, grand, sec, moustaches grises, cinquante-cinq ans environ ; mine de vieux militaire, quoique vêtu avec une élégance exagérée et qu'il ait des rubans jusque sur les souliers.*

1. *Camerera mayor :* première dame d'honneur de la reine.

Scène première

La reine, la duchesse d'Albuquerque, don Guritan, Casilda, duègnes

La reine

Il est parti pourtant ! je devrais être à l'aise,
Eh bien, non ! ce marquis de Finlas, il me pèse !
Cet homme-là me hait.

Casilda

Selon votre souhait
N'est-il pas exilé ?

La reine

Cet homme-là me hait.

Casilda

Votre majesté…

La reine

Vrai ! Casilda, c'est étrange,
Ce marquis est pour moi comme le mauvais ange.
L'autre jour, il devait partir le lendemain,
Et, comme à l'ordinaire, il vint au baise-main.
Tous les grands s'avançaient vers le trône à la file ;
Je leur livrais ma main, j'étais triste et tranquille,
Regardant vaguement, dans le salon obscur,
Une bataille au fond peinte sur un grand mur,
Quand tout à coup, mon œil se baissant vers la table,
Je vis venir à moi cet homme redoutable !
Sitôt que je le vis, je ne vis plus que lui.
Il venait à pas lents, jouant avec l'étui
D'un poignard dont parfois j'entrevoyais la lame,
Grave, et m'éblouissant de son regard de flamme.

Soudain il se courba, souple et comme rampant… –
Je sentis sur ma main sa bouche de serpent !

CASILDA

Il rendait ses devoirs : – rendons-nous pas[1] les nôtres ?

LA REINE

Sa lèvre n'était pas comme celle des autres.
C'est la dernière fois que je l'ai vu. Depuis,
J'y pense très souvent. J'ai bien d'autres ennuis,
C'est égal, je me dis : – L'enfer est dans cette âme.
Devant cet homme-là je ne suis qu'une femme. –
Dans mes rêves, la nuit, je rencontre en chemin
Cet effrayant démon qui me baise la main ;
Je vois luire son œil d'où rayonne la haine ;
Et, comme un noir poison qui va de veine en veine,
Souvent, jusqu'à mon cœur qui semble se glacer,
Je sens en longs frissons courir son froid baiser !
Que dis-tu de cela ?

CASILDA

Purs fantômes, madame.

LA REINE

Au fait, j'ai des soucis bien plus réels dans l'âme.
À part.
Oh ! ce qui me tourmente, il faut le leur cacher.
À Casilda.
Dis-moi, ces mendiants qui n'osaient approcher…

CASILDA, *allant à la fenêtre.*

Je sais, madame, ils sont encor là, dans la place.

1. *Rendons-nous pas :* pour « ne rendons-nous pas » (ellipse courante en langue classique).

LA REINE

Tiens ! jette-leur ma bourse…

Casilda prend la bourse et va la jeter par la fenêtre.

CASILDA

Oh ! madame, par grâce,
Vous qui faites l'aumône avec tant de bonté,

Montrant à la reine don Guritan, qui, debout et silencieux au fond de la chambre, fixe sur la reine un œil plein d'adoration muette.

Ne jetterez-vous rien au comte d'Oñate ?
Rien qu'un mot ! – Un vieux brave ! amoureux sous l'armure !
D'autant plus tendre au cœur que l'écorce est plus dure !

LA REINE

Il est bien ennuyeux !

CASILDA

J'en conviens. – Parlez-lui !

LA REINE, *se tournant vers don Guritan.*

Bonjour, comte.

Don Guritan s'approche avec trois révérences, et vient baiser en soupirant la main de la reine, qui le laisse faire d'un air indifférent et distrait. Puis il retourne à sa place, à côté du siège de la camerera mayor.

DON GURITAN, *en se retirant, bas à Casilda.*

La reine est charmante aujourd'hui !

CASILDA, *le regardant s'éloigner.*

Oh ! le pauvre héron ! près de l'eau qui le tente
Il se tient. Il attrape, après un jour d'attente,
Un bonjour, un bonsoir, souvent un mot bien sec,
Et s'en va tout joyeux, cette pâture au bec.

LA REINE, *avec un sourire triste.*

Tais-toi !

CASILDA

Pour être heureux, il suffit qu'il vous voie !
Voir la reine, pour lui cela veut dire : – joie !
S'extasiant sur une boîte posée sur le guéridon.
Oh ! la divine boîte !

LA REINE

Ah ! j'en ai la clef là.

CASILDA

Ce bois de calambour [1] est exquis !

LA REINE, *lui présentant la clef.*

Ouvre-la.
Vois : – je l'ai fait emplir de reliques, ma chère ;
Puis je vais l'envoyer à Neubourg, à mon père ;
Il sera très content ! –
Elle rêve un instant, puis s'arrache vivement à sa rêverie.
À part.
Je ne veux pas penser !
Ce que j'ai dans l'esprit, je voudrais le chasser.
À Casilda.
Va chercher dans ma chambre un livre… – Je suis folle !
Pas un livre allemand ! tout en langue espagnole !
Le roi chasse. Toujours absent. Ah ! quel ennui !
En six mois, j'ai passé douze jours près de lui.

CASILDA

Épousez donc un roi pour vivre de la sorte !

1. *Bois de calambour :* bois d'aloès.

La reine retombe dans sa rêverie, puis en sort de nouveau violemment et comme avec effort.

LA REINE

Je veux sortir !
À ce mot, prononcé impérieusement par la reine, la duchesse d'Albuquerque, qui est jusqu'à ce moment restée immobile sur son siège, lève la tête, puis se dresse debout et fait une profonde révérence à la reine.

LA DUCHESSE D'ALBUQUERQUE, *d'une voix brève et dure.*

Il faut, pour que la reine sorte,
Que chaque porte soit ouverte, – c'est réglé ! –
Par un des grands d'Espagne ayant droit à la clé[1].
Or nul d'eux ne peut être au palais à cette heure.

LA REINE

Mais on m'enferme donc ! mais on veut que je meure,
Duchesse, enfin !

LA DUCHESSE, *avec une nouvelle révérence.*

Je suis camerera mayor,
Elle se rassied.
Et je remplis ma charge.

LA REINE, *prenant sa tête à deux mains, avec désespoir, à part.*

Allons ! rêver encor !
Non !
Haut.
– Vite ! un lansquenet[2] ! à moi, toutes mes femmes !
Une table, et jouons !

---

1. *Clé:* insigne du chambellan, gentilhomme chargé du service de la chambre du roi ou de la reine. \ **2.** *Lansquenet :* jeu de cartes.

LA DUCHESSE, *aux duègnes.*

Ne bougez pas, mesdames.

Se levant et faisant une révérence à la reine.

Sa majesté ne peut, suivant l'ancienne loi,
Jouer qu'avec des rois ou des parents du roi.

LA REINE, *avec emportement.*

Eh bien ! faites venir ces parents.

CASILDA, *à part, regardant la duchesse.*

Oh ! la duègne !

La duchesse, avec un signe de croix.

Dieu n'en a pas donné, madame, au roi qui règne.
La reine-mère est morte. Il est seul à présent.

LA REINE

Qu'on me serve à goûter !

CASILDA

Oui, c'est très amusant.

LA REINE

Casilda, je t'invite.

CASILDA, *à part, regardant la camerera.*

Oh ! respectable aïeule !

LA DUCHESSE, *avec une révérence.*

Quand le roi n'est pas là, la reine mange seule.

Elle se rassied.

LA REINE, *poussée à bout.*

Ne pouvoir, – ô mon Dieu ! qu'est-ce que je ferai ? –
Ni sortir, ni jouer, ni manger à mon gré !
Vraiment, je meurs depuis un an que je suis reine.

CASILDA, *à part, la regardant avec compassion.*
Pauvre femme ! passer tous ses jours dans la gêne [1],
Au fond de cette cour insipide ! et n'avoir
D'autre distraction que le plaisir de voir,
Au bord de ce marais à l'eau dormante et plate,
Regardant don Guritan, toujours immobile et debout au fond de la chambre.
Un vieux comte amoureux rêvant sur une patte !

LA REINE, *à Casilda.*
Que faire ? voyons ! cherche une idée.

CASILDA
Ah ! tenez !
En l'absence du roi, c'est vous qui gouvernez.
Faites, pour vous distraire, appeler les ministres !

LA REINE, *haussant les épaules.*
Ce plaisir ! – avoir là huit visages sinistres
Me parlant de la France et de son roi caduc [2],
De Rome, et du portrait de monsieur l'archiduc [3],
Qu'on promène à Burgos, parmi des cavalcades [4],
Sous un dais de drap d'or porté par quatre alcades [5] !
– Cherche autre chose.

CASILDA
Eh bien, pour vous désennuyer,
Si je faisais monter quelque jeune écuyer ?

1. *Gêne :* géhenne, torture. \ **2.** *Caduc :* le règne de Louis XIV, commencé en 1643, se prolonge depuis déjà 55 ans. \ **3.** *Monsieur l'archiduc :* Joseph-Charles, fils de l'empereur Léopold d'Autriche et prétendant au trône de Charles II. \ **4.** *Cavalcades :* chevauchées animées, bruyantes. Allusion aux manifestations en faveur de l'archiduc autrichien. \ **5.** *Alcades :* juges.

LA REINE

Casilda !

CASILDA

Je voudrais regarder un jeune homme,
Madame ! cette cour vénérable m'assomme.
Je crois que la vieillesse arrive par les yeux,
Et qu'on vieillit plus vite à voir toujours des vieux !

LA REINE

Ris, folle ! – Il vient un jour où le cœur se reploie.
Comme on perd le sommeil, enfant, on perd la joie.
Pensive.
Mon bonheur, c'est ce coin du parc où j'ai le droit
D'aller seule.

CASILDA

Oh ! le beau bonheur, l'aimable endroit !
Des pièges sont creusés derrière tous les marbres.
On ne voit rien. Les murs sont plus hauts que les arbres.

LA REINE

Oh ! je voudrais sortir parfois !

CASILDA, *bas.*

Sortir ! Eh bien,
Madame, écoutez-moi. Parlons bas. Il n'est rien
De tel qu'une prison bien austère et bien sombre
Pour vous faire chercher et trouver dans son ombre
Ce bijou rayonnant nommé la clef des champs.
– Je l'ai ! – Quand vous voudrez, en dépit des méchants,
Je vous ferai sortir, la nuit, et par la ville,
Nous irons !

La reine

Ciel ! jamais ! tais-toi !

Casilda

C'est très facile !

La reine

Paix !

Elle s'éloigne un peu de Casilda et retombe dans sa rêverie.

Que ne suis-je encor, moi qui crains tous ces grands,
Dans ma bonne Allemagne, avec mes bons parents !
Comme, ma sœur et moi, nous courions dans les herbes !
Et puis des paysans passaient, traînant des gerbes ;
Nous leur parlions. C'était charmant. Hélas ! un soir,
Un homme vint, qui dit, – il était tout en noir,
Je tenais par la main ma sœur, douce compagne, –
« Madame, vous allez être reine d'Espagne. »
Mon père était joyeux et ma mère pleurait.
Ils pleurent tous les deux à présent. – En secret
Je vais faire envoyer cette boîte à mon père,
Il sera bien content. – Vois, tout me désespère.
Mes oiseaux d'Allemagne, ils sont tous morts.

Casilda fait le signe de tordre le cou à des oiseaux[1], *en regardant de travers la camerera.*

Et puis
On m'empêche d'avoir des fleurs de mon pays.
Jamais à mon oreille un mot d'amour ne vibre.
Aujourd'hui je suis reine. Autrefois j'étais libre !
Comme tu dis, ce parc est bien triste le soir,
Et les murs sont si hauts qu'ils empêchent de voir.
– Oh ! l'ennui ! –

1. *Tordre le cou à des oiseaux :* allusion à une anecdote historique ; la camerera mayor de Louise d'Orléans avait tué les perroquets de la reine parce qu'ils ne chantaient qu'en français.

On entend au dehors un chant éloigné.

Qu'est ce bruit ?

CASILDA

Ce sont les lavandières
Qui passent en chantant, là-bas, dans les bruyères.

Le chant se rapproche. On distingue les paroles. La reine écoute avidement.

VOIX DU DEHORS

À quoi bon entendre
Les oiseaux des bois ?
L'oiseau le plus tendre
Chante dans ta voix.

Que Dieu montre ou voile
Les astres des cieux !
La plus pure étoile
Brille dans tes yeux.

Qu'avril renouvelle
Le jardin en fleur !
La fleur la plus belle
Fleurit dans ton cœur.

Cet oiseau de flamme,
Cet astre du jour,
Cette fleur de l'âme,
S'appellent l'amour.

Les voix décroissent et s'éloignent.

LA REINE, *rêveuse.*

L'amour ! – oui, celles-là sont heureuses. – Leur voix,
Leur chant me fait du mal et du bien à la fois.

LA DUCHESSE, *aux duègnes.*

Ces femmes dont le chant importune la reine,
Qu'on les chasse !

LA REINE, *vivement.*

Comment ! on les entend à peine.
Pauvres femmes ! je veux qu'elles passent en paix,
Madame.

À Casilda, en lui montrant une croisée au fond.

Par ici le bois est moins épais,
Cette fenêtre-là donne sur la campagne ;
Viens, tâchons de les voir.

Elle se dirige vers la fenêtre avec Casilda.

LA DUCHESSE, *se levant, avec une révérence.*

Une reine d'Espagne
Ne doit pas regarder à la fenêtre.

LA REINE, *s'arrêtant et revenant sur ses pas.*

Allons !
Le beau soleil couchant qui remplit les vallons,
La poudre d'or du soir qui monte sur la route,
Les lointaines chansons que toute oreille écoute,
N'existent plus pour moi ! j'ai dit au monde adieu.
Je ne puis même voir la nature de Dieu !
Je ne puis même voir la liberté des autres !

LA DUCHESSE, *faisant signe aux assistants de sortir.*

Sortez, c'est aujourd'hui le jour des saints apôtres[1].

Casilda fait quelques pas vers la porte. La reine l'arrête.

LA REINE

Tu me quittes ?

1. *Le jour des saints apôtres :* le 29 juin, fête des saints Pierre et Paul.

CASILDA, *montrant la duchesse.*
Madame, on veut que nous sortions.

LA DUCHESSE, *saluant la reine jusqu'à terre.*
Il faut laisser la reine à ses dévotions.
Tous sortent avec de profondes révérences.

Scène 2

LA REINE, *seule.*

À ses dévotions ? dis donc à sa pensée !
Où la fuir maintenant ? Seule ! Ils m'ont tous laissée.
Pauvre esprit sans flambeau dans un chemin obscur !
Rêvant.
Oh ! cette main sanglante empreinte sur le mur !
Il s'est donc blessé ? Dieu ! – mais aussi c'est sa faute.
Pourquoi vouloir franchir la muraille si haute ?
Pour m'apporter les fleurs qu'on me refuse ici,
Pour cela, pour si peu, s'aventurer ainsi !
C'est aux pointes de fer qu'il s'est blessé sans doute.
Un morceau de dentelle y pendait. Une goutte
De ce sang répandu pour moi vaut tous mes pleurs.
S'enfonçant dans sa rêverie.
Chaque fois qu'à ce banc je vais chercher les fleurs,
Je promets à mon Dieu, dont l'appui me délaisse,
De n'y plus retourner. J'y retourne sans cesse.
– Mais lui ! voilà trois jours qu'il n'est pas revenu.
– Blessé ! – qui que tu sois, ô jeune homme inconnu,
Toi qui, me voyant seule et loin de ce qui m'aime,
Sans me rien demander, sans rien espérer même,
Viens à moi, sans compter les périls où tu cours ;
Toi qui verses ton sang, toi qui risques tes jours

Pour donner une fleur à la reine d'Espagne ;
Qui que tu sois, ami dont l'ombre m'accompagne,
Puisque mon cœur subit une inflexible loi,
Sois aimé par ta mère et sois béni par moi !
Vivement et portant la main à son cœur.
– Oh ! sa lettre me brûle !
Retombant dans sa rêverie.
Et l'autre ! l'implacable
Don Salluste ! le sort me protège et m'accable.
En même temps qu'un ange, un spectre affreux me suit ;
Et, sans les voir, je sens s'agiter dans ma nuit,
Pour m'amener peut-être à quelque instant suprême,
Un homme qui me hait près d'un homme qui m'aime.
L'un me sauvera-t-il de l'autre ? Je ne sais.
Hélas ! mon destin flotte à deux vents opposés.
Que c'est faible une reine et que c'est peu de chose !
Prions.
Elle s'agenouille devant la madone.
– Secourez-moi, madame ! car je n'ose
Élever mon regard jusqu'à vous !
Elle s'interrompt.
– Ô mon dieu !
La dentelle, la fleur, la lettre, c'est du feu !
Elle met la main dans sa poitrine et en arrache une lettre froissée, un bouquet desséché de petites fleurs bleues et un morceau de dentelle taché de sang qu'elle jette sur la table, puis elle retombe à genoux.
Vierge, astre de la mer ! Vierge, espoir du martyre !
Aidez-moi ! –
S'interrompant.
Cette lettre !
Se tournant à demi vers la table.
Elle est là qui m'attire.
S'agenouillant de nouveau.

Je ne veux plus la lire ! – Ô reine de douceur !
Vous qu'à tout affligé Jésus donne pour sœur !
Venez, je vous appelle ! –

Elle se lève, fait quelques pas vers la table, puis s'arrête, puis enfin se précipite sur la lettre, comme cédant à une attraction irrésistible.

Oui, je vais la relire
Une dernière fois ! Après, je la déchire !

Avec un sourire triste.

Hélas ! depuis un mois je dis toujours cela.

Elle déplie la lettre résolument et lit.

« Madame, sous vos pieds, dans l'ombre, un homme est là
« Qui vous aime, perdu dans la nuit qui le voile ;
« Qui souffre, ver de terre amoureux d'une étoile ;
« Qui pour vous donnera son âme, s'il le faut ;
« Et qui se meurt en bas quand vous brillez en haut. »

Elle pose la lettre sur la table.

Quand l'âme a soif, il faut qu'elle se désaltère,
Fût-ce dans du poison !

Elle remet la lettre et la dentelle dans sa poitrine.

Je n'ai rien sur la terre.
Mais enfin il faut bien que j'aime quelqu'un, moi !
Oh ! s'il avait voulu, j'aurais aimé le roi.
Mais il me laisse ainsi, – seule, – d'amour privée.

La grande porte s'ouvre à deux battants. Entre un huissier de chambre en grand costume.

L'HUISSIER, *à haute voix.*

Une lettre du roi !

LA REINE, *comme réveillée en sursaut, avec un cri de joie.*

Du roi ! je suis sauvée !

Scène 3

LA REINE, LA DUCHESSE D'ALBUQUERQUE, CASILDA, DON GURITAN, FEMMES DE LA REINE, PAGES, RUY BLAS

Tous entrent gravement. La duchesse en tête, puis les femmes. Ruy Blas reste au fond de la chambre. Il est magnifiquement vêtu. Son manteau tombe sur son bras gauche et le cache. Deux pages, portant sur un coussin de drap d'or la lettre du roi, viennent s'agenouiller devant la reine, à quelques pas de distance.

RUY BLAS, *au fond, à part.*

Où suis-je ? – Qu'elle est belle ! – Oh ! pour qui suis-je ici ?

LA REINE, *à part.*

C'est un secours du ciel !
Haut.
Donnez vite !...
Se retournant vers le portrait du roi.
Merci,
Monseigneur !
À la duchesse.
D'où me vient cette lettre ?

LA DUCHESSE

Madame,
D'Aranjuez où le roi chasse.

LA REINE

Du fond de l'âme
Je lui rends grâce. Il a compris qu'en mon ennui
J'avais besoin d'un mot d'amour qui vînt de lui !
Mais donnez donc !

LA DUCHESSE, *avec une révérence, montrant la lettre.*
L'usage, il faut que je le dise,
Veut que ce soit d'abord moi qui l'ouvre et la lise.

LA REINE
Encore ! – Eh bien, lisez !
La duchesse prend la lettre et la déploie lentement.

CASILDA, *à part.*
Voyons le billet doux.

LA DUCHESSE, *lisant.*
« Madame, il fait grand vent et j'ai tué six loups. »
Signé, « CARLOS. »

LA REINE, *à part.*
Hélas !

DON GURITAN, *à la duchesse.*
C'est tout ?

LA DUCHESSE
Oui, seigneur comte.

CASILDA, *à part.*
Il a tué six loups ! comme cela vous monte
L'imagination ! Votre cœur est jaloux,
Tendre, ennuyé, malade ? – Il a tué six loups !

LA DUCHESSE, *à la reine, en lui présentant la lettre.*
Si sa majesté veut ?...

LA REINE, *la repoussant.*
Non.

Casilda, *à la duchesse.*

C'est bien tout ?

La duchesse

Sans doute.

Que faut-il donc de plus ? Notre roi chasse ; en route
Il écrit ce qu'il tue avec le temps qu'il fait.
C'est fort bien.
Examinant de nouveau la lettre.
Il écrit ? non, il dicte.

La reine, *lui arrachant la lettre et l'examinant à son tour.*

En effet,

Ce n'est pas de sa main. Rien que sa signature !
Elle l'examine avec plus d'attention et paraît frappée de stupeur. À part.
Est-ce une illusion ? c'est la même écriture
Que celle de la lettre !
Elle désigne de la main la lettre qu'elle vient de cacher sur son cœur.
Oh ! qu'est-ce que cela ?
À la duchesse.
Où donc est le porteur du message ?

La duchesse, *montrant Ruy Blas.*

Il est là.

La reine, *se tournant à demi vers Ruy Blas.*

Ce jeune homme ?

La duchesse

C'est lui qui l'apporte en personne.
– Un nouvel écuyer que sa majesté donne
À la reine. Un seigneur que de la part du roi,
Monsieur de Santa-Cruz me recommande, à moi.

LA REINE

Son nom ?

LA DUCHESSE

C'est le seigneur César de Bazan, comte
De Garofa. S'il faut croire ce qu'on raconte,
C'est le plus accompli gentilhomme qui soit.

LA REINE

Bien. Je veux lui parler.
À Ruy Blas.
Monsieur…
Ruy Blas, à part, tressaillant.
Elle me voit !
Elle me parle ! Dieu ! je tremble.

LA DUCHESSE, *à Ruy Blas.*

Approchez, comte.

DON GURITAN, *regardant Ruy Blas de travers, à part.*

Ce jeune homme ! écuyer ! ce n'est pas là mon compte.
Ruy Blas, pâle et troublé, approche à pas lents.

LA REINE, *à Ruy Blas.*

Vous venez d'Aranjuez ?

RUY BLAS, *s'inclinant.*

Oui, madame.

LA REINE

Le roi
Se porte bien ?
Ruy Blas s'incline, elle montre la lettre royale.
Il a dicté ceci pour moi ?

RUY BLAS

Il était à cheval, il a dicté la lettre…
Il hésite un moment.
À l'un des assistants.

LA REINE, *à part, regardant Ruy Blas.*

Son regard me pénètre.
Je n'ose demander à qui.
Haut.
C'est bien, allez.
– Ah ! –
Ruy Blas, qui avait fait quelques pas pour sortir, revient vers la reine.
Beaucoup de seigneurs étaient là rassemblés ?
À part.
Pourquoi donc suis-je émue en voyant ce jeune homme ?
Ruy Blas s'incline, elle reprend.
Lesquels ?

RUY BLAS

Je ne sais point les noms dont on les nomme.
Je n'ai passé là-bas que des instants fort courts.
Voilà trois jours que j'ai quitté Madrid.

LA REINE, *à part.*

Trois jours !
Elle fixe un regard plein de trouble sur Ruy Blas.

RUY BLAS, *à part.*

C'est la femme d'un autre ! ô jalousie affreuse !
– Et de qui ! – Dans mon cœur un abîme se creuse.

DON GURITAN, *s'approchant de Ruy Blas.*

Vous êtes écuyer de la reine ? Un seul mot.
Vous connaissez quel est votre service ? Il faut

Vous tenir cette nuit dans la chambre prochaine,
Afin d'ouvrir au roi, s'il venait chez la reine.

RUY BLAS, *tressaillant.*

À part.

Ouvrir au roi ! moi !

Haut.

Mais… il est absent.

DON GURITAN

Le roi

Peut-il pas arriver à l'improviste ?

RUY BLAS, *à part.*

Quoi !

DON GURITAN, *à part, observant Ruy Blas.*

Qu'a-t-il ?

LA REINE, *qui a tout entendu et dont le regard est resté fixé sur Ruy Blas.*

Comme il pâlit !

Ruy Blas chancelant s'appuie sur le bras d'un fauteuil.

CASILDA, *à la reine.*

Madame, ce jeune homme

Se trouve mal !…

RUY BLAS, *se soutenant à peine.*

Moi, non ! mais c'est singulier comme
Le grand air… le soleil… la longueur du chemin…

À part.

– Ouvrir au roi !

Il tombe épuisé sur un fauteuil. Son manteau se dérange et laisse voir sa main gauche enveloppée de linges ensanglantés.

CASILDA

Grand dieu, madame ! à cette main
Il est blessé !

LA REINE

Blessé !

CASILDA

Mais il perd connaissance.
Mais vite, faisons-lui respirer quelque essence !

LA REINE, *fouillant dans sa gorgerette* [1].

Un flacon que j'ai là contient une liqueur…

En ce moment son regard tombe sur la manchette que Ruy Blas porte au bras droit.

À part.

C'est la même dentelle !

Au même instant, elle a tiré le flacon de sa poitrine, et dans son trouble elle a pris en même temps le morceau de dentelle qui y était caché. Ruy Blas, qui ne la quitte pas des yeux, voit cette dentelle sortir du sein de la reine.

RUY BLAS, *éperdu.*

Oh !

Le regard de la reine et le regard de Ruy Blas se rencontrent. Un silence.

LA REINE, *à part.*

C'est lui !

RUY BLAS, *à part.*

Sur son cœur !

1. *Gorgerette* : collerette.

LA REINE, *à part.*

C'est lui !

RUY BLAS, *à part.*

Faites, mon Dieu, qu'en ce moment je meure !

Dans le désordre de toutes les femmes s'empressant autour de Ruy Blas, ce qui se passe entre la reine et lui n'est remarqué de personne.

CASILDA, *faisant respirer le flacon à Ruy Blas.*

Comment vous êtes-vous blessé ? C'est tout à l'heure ?
Non ? cela s'est rouvert en route ? Aussi pourquoi
Vous charger d'apporter le message du roi ?

LA REINE, *à Casilda.*

Vous finirez bientôt vos questions, j'espère.

LA DUCHESSE, *à Casilda.*

Qu'est-ce que cela fait à la reine, ma chère ?

LA REINE

Puisqu'il avait écrit la lettre, il pouvait bien
L'apporter, n'est-ce pas ?

CASILDA

Mais il n'a dit en rien
Qu'il eût écrit la lettre.

LA REINE, *à part.*

Oh !

À Casilda.

Tais-toi !

CASILDA, *à Ruy Blas.*

Votre Grâce
Se trouve-t-elle mieux ?

RUY BLAS

Je renais !

LA REINE, *à ses femmes.*

L'heure passe,

Rentrons. – Qu'en son logis le comte soit conduit.

Aux pages, au fond.

Vous savez que le roi ne vient pas cette nuit.

Il passe la saison tout entière à la chasse.

Elle rentre avec sa suite dans ses appartements.

CASILDA, *la regardant sortir.*

La reine a dans l'esprit quelque chose.

Elle sort par la même porte que la reine en emportant la petite cassette aux reliques.

RUY BLAS, *resté seul.*

Il semble écouter encore quelque temps avec une joie profonde les dernières paroles de la reine. Il paraît comme en proie à un rêve. Le morceau de dentelle, que la reine a laissé tomber dans son trouble, est resté à terre sur le tapis. Il le ramasse, le regarde avec amour, et le couvre de baisers, puis lève les yeux au ciel.

Ô Dieu ! grâce !

Ne me rendez pas fou !

Regardant le morceau de dentelle.

C'était bien sur son cœur !

Il le cache dans sa poitrine. – Entre don Guritan. Il revient par la porte de la chambre où il a suivi la reine. Il marche à pas lents vers Ruy Blas. Arrivé près de lui sans dire un mot, il tire à demi son épée, et la mesure du regard avec celle de Ruy Blas. Elles sont inégales. Il remet son épée dans le fourreau. Ruy Blas le regarde avec étonnement.

Scène 4

RUY BLAS, DON GURITAN

DON GURITAN, *repoussant son épée dans le fourreau.*
J'en apporterai deux de pareille longueur.

RUY BLAS
Monsieur, que signifie ?...

DON GURITAN, *avec gravité.*
En mil six cent cinquante,
J'étais très amoureux. J'habitais Alicante.
Un jeune homme bien fait, beau comme les amours,
Regardait de fort près ma maîtresse, et toujours
Passait sous son balcon, devant la cathédrale,
Plus fier qu'un capitan sur la barque amirale.
Il avait nom Vasquez, seigneur, quoique bâtard.
Je le tuai. –
Ruy Blas veut l'interrompre, don Guritan l'arrête du geste, et continue.
Vers l'an soixante-six, plus tard,
Gil, comte d'Iscola, cavalier magnifique,
Envoya chez ma belle, appelée Angélique,
Avec un billet doux, qu'elle me présenta,
Un esclave nommé Grifel de Viserta.
Je fis tuer l'esclave et je tuai le maître.

RUY BLAS
Monsieur !...

DON GURITAN, *poursuivant.*
Plus tard, vers l'an quatre-vingt, je crus être
Trompé par ma beauté, fille aux tendres façons,
Pour Tirso Gamonal, un de ces beaux garçons

Dont le visage altier et charmant s'accommode
D'un panache éclatant. C'est l'époque où la mode
Était qu'on fît ferrer ses mules en or fin.
Je tuai don Tirso Gamonal.

RUY BLAS

Mais enfin
Que veut dire cela, monsieur ?

DON GURITAN

Cela veut dire,
Comte, qu'il sort de l'eau du puits quand on en tire ;
Que le soleil se lève à quatre heures demain ;
Qu'il est un lieu désert et loin de tout chemin,
Commode aux gens de cœur, derrière la chapelle ;
Qu'on vous nomme, je crois, César, et qu'on m'appelle
Don Gaspar Guritan Tassis y Guevarra,
Comte d'Oñate.

RUY BLAS, *froidement.*

Bien, monsieur. On y sera.

Depuis quelques instants, Casilda, curieuse, est entrée à pas de loup par la petite porte du fond, et a écouté les dernières paroles des deux interlocuteurs sans être vue d'eux.

CASILDA, *à part.*

Un duel ! avertissons la reine.

Elle rentre et disparaît par la petite porte.

DON GURITAN, *toujours imperturbable.*

En vos études,
S'il vous plaît de connaître un peu mes habitudes,
Pour votre instruction, monsieur, je vous dirai
Que je n'ai jamais eu qu'un goût fort modéré

Pour ces godelureaux[1], grands friseurs de moustache,
Beaux damerets[2] sur qui l'œil des femmes s'attache,
Qui sont tantôt plaintifs et tantôt radieux,
Et qui dans les maisons, faisant force clins d'yeux,
Prenant sur les fauteuils d'adorables tournures,
Viennent s'évanouir pour des égratignures.

Ruy Blas

Mais – je ne comprends pas.

Don Guritan

Vous comprenez fort bien.
Nous sommes tous les deux épris du même bien.
L'un de nous est de trop dans ce palais. En somme,
Vous êtes écuyer, moi je suis majordome.
Droits pareils. Au surplus, je suis mal partagé,
La partie entre nous n'est pas égale : j'ai
Le droit du plus ancien, vous le droit du plus jeune.
Donc vous me faites peur. À la table où je jeûne
Voir un jeune affamé s'asseoir avec des dents
Effrayantes, un air vainqueur, des yeux ardents,
Cela me trouble fort. Quant à lutter ensemble
Sur le terrain d'amour, beau champ qui toujours tremble,
De fadaises, mon cher, je sais mal faire assaut,
J'ai la goutte ; et d'ailleurs ne suis point assez sot
Pour disputer le cœur d'aucune Pénélope[3]
Contre un jeune gaillard si prompt à la syncope[4].
C'est pourquoi, vous trouvant fort beau, fort caressant,
Fort gracieux, fort tendre et fort intéressant,
Il faut que je vous tue.

1. *Godelureaux :* jeunes hommes aux manières affectées. \ 2. *Damerets :* jeunes hommes raffinés. \ 3. *Pénélope :* femme d'Ulysse, qui résista aux assauts des prétendants et lui resta fidèle tout le temps que dura son absence. \ 4. *Syncope :* évanouissement.

RUY BLAS

Eh bien, essayez.

DON GURITAN

Comte
De Garofa, demain, à l'heure où le jour monte,
À l'endroit indiqué, sans témoin, ni valet,
Nous nous égorgerons galamment, s'il vous plaît,
Avec épée et dague, en dignes gentilshommes,
Comme il sied [1] quand on est des maisons dont nous sommes.
Il tend la main à Ruy Blas, qui la lui prend.

RUY BLAS

Pas un mot de ceci, n'est-ce pas ? –
Le comte fait un signe d'adhésion.
À demain.
Ruy Blas sort.

DON GURITAN, *resté seul.*

Non, je n'ai pas du tout senti trembler sa main.
Être sûr de mourir et faire de la sorte,
C'est d'un brave jeune homme !
Bruit d'une clef à la petite porte de la chambre de la reine. Don Guritan se retourne.
On ouvre cette porte ?
La reine paraît et marche vivement vers don Guritan, surpris et charmé de la voir. Elle tient entre ses mains la petite cassette.

1. *Il sied :* il convient.

Scène 5

DON GURITAN, LA REINE

LA REINE, *avec un sourire.*
C'est vous que je cherchais !

DON GURITAN, *ravi.*
Qui me vaut ce bonheur ?

LA REINE, *posant la cassette sur le guéridon.*
Oh ! Dieu, rien, ou du moins peu de chose, seigneur.
Elle rit.
Tout à l'heure on disait, parmi d'autres paroles, –
Casilda, – vous savez que les femmes sont folles, –
Casilda soutenait que vous feriez pour moi
Tout ce que je voudrais.

DON GURITAN
Elle a raison !

LA REINE, *riant.*
Ma foi,
J'ai soutenu que non.

DON GURITAN
Vous avez tort, madame !

LA REINE
Elle a dit que pour moi vous donneriez votre âme,
Votre sang…

DON GURITAN
Casilda parlait fort bien ainsi.

LA REINE
Et moi, j'ai dit que non.

DON GURITAN
Et moi, je dis que si !
Pour votre majesté, je suis prêt à tout faire.

LA REINE
Tout ?

DON GURITAN
Tout !

LA REINE
Eh bien, voyons, jurez que pour me plaire
Vous ferez à l'instant ce que je vous dirai.

DON GURITAN
Par le saint roi Gaspar[1], mon patron vénéré,
Je le jure ! ordonnez. J'obéis, ou je meure !

LA REINE, *prenant la cassette.*
Bien. Vous allez partir de Madrid tout à l'heure[2]
Pour porter cette boîte en bois de calambour
À mon père monsieur l'électeur de Neubourg.

DON GURITAN, *à part.*
Je suis pris !
Haut.
À Neubourg !

LA REINE
À Neubourg.

1. *Gaspar :* l'un des trois Rois Mages, avec Balthazar et Melchior. \ 2. *Tout à l'heure :* tout de suite.

DON GURITAN

Six cents lieues !

LA REINE

Cinq cent cinquante. –
Elle montre la housse de soie qui enveloppe la cassette.
Ayez grand soin des franges bleues !
Cela peut se faner en route.

DON GURITAN

Et quand partir ?

LA REINE

Sur-le-champ.

DON GURITAN

Ah ! demain !

LA REINE

Je n'y puis consentir.

DON GURITAN, *à part.*

Je suis pris !
Haut.
Mais…

LA REINE

Partez !

DON GURITAN

Quoi ?…

LA REINE

J'ai votre parole.

Don Guritan

Une affaire…

La reine

Impossible.

Don Guritan

Un objet si frivole…

La reine

Vite !

Don Guritan

Un seul jour !

La reine

Néant.

Don Guritan

Car…

La reine

Faites à mon gré.

Don Guritan

Je…

La reine

Non.

Don Guritan

Mais…

La reine

Partez !

DON GURITAN

Si…

LA REINE

Je vous embrasserai !

Elle lui saute au cou et l'embrasse.

DON GURITAN, *fâché et charmé.*

Haut.

Je ne résiste plus. J'obéirai, madame.

À part.

Dieu s'est fait homme ; soit. Le diable s'est fait femme !

LA REINE, *montrant la fenêtre.*

Une voiture en bas est là qui vous attend.

DON GURITAN

Elle avait tout prévu !

Il écrit sur un papier quelques mots à la hâte et agite une sonnette.
Un page paraît.

Page, porte à l'instant
Au seigneur don César de Bazan cette lettre.

À part.

Ce duel ! à mon retour il faut bien le remettre.
Je reviendrai !

Haut.

Je vais contenter de ce pas
Votre Majesté.

LA REINE

Bien.

Il prend la cassette, baise la main de la reine, salue profondément et sort. Un moment après, on entend le roulement d'une voiture qui s'éloigne.

LA REINE, *tombant sur un fauteuil.*

Il ne le tuera pas !

Acte III

Ruy Blas

La salle dite salle de gouvernement, *dans le palais du roi à Madrid. Au fond, une grande porte élevée au-dessus de quelques marches. Dans l'angle, à gauche, un pan coupé fermé par une tapisserie de haute lice*[1]*. Dans l'angle opposé, une fenêtre. À droite, une table carrée, revêtue d'un tapis de velours vert, autour de laquelle sont rangés des tabourets pour huit ou dix personnes correspondant à autant de pupitres placés sur la table. Le côté de la table qui fait face au spectateur est occupé par un grand fauteuil recouvert de drap d'or et surmonté d'un dais*[2] *en drap d'or, aux armes d'Espagne, timbrées de la couronne royale. À côté de ce fauteuil, une chaise.*

Au moment où le rideau se lève, la junte[3] *du* Despacho universal *(conseil privé du roi) est au moment de prendre séance.*

---

1. *De haute lice :* dont les fils de chaîne sont disposés verticalement. \ **2.** *Dais :* baldaquin. \ **3.** *La junte :* le conseil.

Scène première

Don Manuel Arias, *président de castille* ; don Pedro Velez de Guevarra, comte de Camporeal, *conseiller de cape et d'épée de la cantaduria mayor*[1] ; don Fernando de Cordova y Aguilar, marquis de Priego, *même qualité* ; Antonio Ubilla, *écrivain mayor des rentes*[2] ; Montazgo, *conseiller de robe de la chambre des Indes*[3] ; Covadenga, *secrétaire suprême des Îles*[4].
Plusieurs autres conseillers. Les conseillers de robe vêtus de noir. Les autres en habit de cour. Camporeal a la croix de Calatrava au manteau, Priego la toison d'or au cou.

Don Manuel Arias, président de Castille, et le comte de Camporeal causent à voix basse, et entre eux, sur le devant. Les autres conseillers font des groupes çà et là dans la salle.

Don Manuel Arias

Cette fortune-là cache quelque mystère.

Le comte de Camporeal

Il a la toison d'or. Le voilà secrétaire
Universel, ministre, et puis duc d'Olmedo !

Don Manuel Arias

En six mois !

Le comte de Camporeal

On le sert derrière le rideau[5].

Don Manuel Arias, *mystérieusement.*

La reine !

---

1. *Cantaduria mayor :* tribunal des finances. \ **2.** *Écrivain mayor des rentes :* contrôleur des finances. \ **3.** *Chambre des Indes :* les Indes Occidentales, l'Amérique. \ **4.** *Des Îles :* les Baléares et les Canaries. \ **5.** *Derrière le rideau :* en cachette.

Le comte de Camporeal

Au fait[1], le roi, malade et fou dans l'âme,
Vit avec le tombeau de sa première femme[2].
Il abdique, enfermé dans son Escurial[3],
Et la reine fait tout !

Don Manuel Arias

Mon cher Camporeal,
Elle règne sur nous, et don César sur elle.

Le comte de Camporeal

Il vit d'une façon qui n'est pas naturelle.
D'abord, quant à la reine, il ne la voit jamais.
Ils paraissent se fuir. Vous me direz non, mais
Comme depuis six mois je les guette, et pour cause,
J'en suis sûr. Puis il a le caprice morose
D'habiter, assez près de l'hôtel de Tormez,
Un logis aveuglé par des volets fermés,
Avec deux laquais noirs, gardeurs de portes closes,
Qui, s'ils n'étaient muets, diraient beaucoup de choses.

Don Manuel Arias

Des muets ?

Le comte de Camporeal

Des muets. – Tous ses autres valets
Restent au logement qu'il a dans le palais.

Don Manuel Arias

C'est singulier.

1. *Au fait :* effectivement. \ **2.** *Sa première femme :* Marie-Louise d'Orléans, première épouse de Charles II, morte en 1689. \ **3.** *Escurial :* palais royal, proche de Madrid.

Don Antonio Ubilla, *qui s'est approché d'eux depuis quelques instants.*

Il est de grande race, en somme.

Le comte de Camporeal

L'étrange, c'est qu'il veut faire son honnête homme !
À don Manuel Arias.
– Il est cousin, – aussi Santa-Cruz l'a poussé, –
De ce marquis Salluste écroulé l'an passé. –
Jadis, ce don César, aujourd'hui notre maître,
Était le plus grand fou que la lune eût vu naître.
C'était un drôle, – on sait des gens qui l'ont connu, –
Qui prit un beau matin son fonds pour revenu,
Qui changeait tous les jours de femmes, de carrosses,
Et dont la fantaisie avait des dents féroces
Capables de manger en un an le Pérou.
Un jour il s'en alla, sans qu'on ait su par où.

Don Manuel Arias

L'âge a du fou joyeux fait un sage fort rude.

Le comte de Camporeal

Toute fille de joie en séchant devient prude[1].

Ubilla

Je le crois homme probe[2].

Le comte de Camporeal, *riant.*

Oh ! candide Ubilla !
Qui se laisse éblouir à ces probités-là !
D'un ton significatif.
La maison de la reine, ordinaire et civile,
Appuyant sur les chiffres.

1. *Prude:* d'une pudeur extrême. \ 2. *Probe:* honnête.

Coûte par an six cent soixante-quatre mille
Soixante-six ducats ! – c'est un pactole[1] obscur
Où, certe[2], on doit jeter le filet à coup sûr.
Eau trouble, pêche claire.

LE MARQUIS DE PRIEGO, *survenant.*

Ah çà, ne vous déplaise,
Je vous trouve imprudents et parlant fort à l'aise.
Feu mon grand-père, auprès du comte-duc[3] nourri,
Disait : – Mordez le roi, baisez le favori. –
Messieurs, occupons-nous des affaires publiques.

Tous s'asseyent autour de la table ; les uns prennent des plumes, les autres feuillettent des papiers. Du reste, oisiveté générale. Moment de silence.

MONTAZGO, *bas à Ubilla.*

Je vous ai demandé sur la caisse aux reliques
De quoi payer l'emploi d'alcade à mon neveu.

UBILLA, *bas.*

Vous, vous m'aviez promis de nommer avant peu
Mon cousin Melchior d'Elva bailli[4] de l'Èbre[5].

MONTAZGO, *se récriant.*

Nous venons de doter votre fille. On célèbre
Encor sa noce. – On est sans relâche assailli...

UBILLA, *bas.*

Vous aurez votre alcade...

1. *Pactole :* fleuve de Lydie qui charriait de l'or (d'où la métaphore de la pêche). \ 2. *Certe :* pour « certes ». \ 3. *Comte-duc :* le comte d'Olivarès, ministre et favori de Philippe IV. \ 4. *Bailli :* officier de robe qui rendait la justice au nom du roi. \ 5. *Èbre :* fleuve qui coule à Saragosse et se jette dans la Méditerranée.

MONTAZGO, *bas.*
Et vous votre bailli.

Ils se serrent la main.

COVADENGA, *se levant.*
Messieurs les conseillers de Castille, il importe,
Afin qu'aucun de nous de sa sphère ne sorte,
De bien régler nos droits et de faire nos parts.
Le revenu d'Espagne en cent mains est épars.
C'est un malheur public, il y faut mettre un terme.
Les uns n'ont pas assez, les autres trop. La ferme
Du tabac [1] est à vous, Ubilla. L'indigo
Et le musc [2] sont à vous, marquis de Priego.
Camporeal perçoit l'impôt des huit mille hommes [3],
L'almojarifazgo [4], le sel [5], mille autres sommes,
Le quint du cent [6] de l'or, de l'ambre et du jayet [7] ;
À Montazgo.
Vous qui me regardez de cet œil inquiet,
Vous avez à vous seul, grâce à votre manège,
L'impôt sur l'arsenic [8] et le droit sur la neige [9] ;
Vous avez les ports secs [10], les cartes [11], le laiton [12],
L'amende des bourgeois qu'on punit du bâton,
La dîme de la mer [13], le plomb, le bois de rose [14] !... –
Moi, je n'ai rien, messieurs. Rendez-moi quelque chose !

1. *Ferme du tabac :* prélèvement de l'impôt sur le tabac. \ **2.** *L'indigo et le musc :* sous-entendu, le prélèvement de l'impôt sur... ; l'indigo est un colorant, le musc une essence. \ **3.** *Impôt des huit mille hommes :* impôt que les Castillans devaient verser pour l'entretien de l'armée. \ **4.** *Almojarifazgo :* impôt de 5 % sur le transport des marchandises à l'intérieur du territoire. \ **5.** *Le sel :* sous-entendu la gabelle, impôt sur le sel. \ **6.** *Quint du cent :* taxe de 5 %. \ **7.** *Jayet :* jais, substance compacte et très noire qu'on taille pour l'utiliser en joaillerie. \ **8.** *Arsenic :* substance toxique parfois utilisée en médecine. \ **9.** *Droit sur la neige :* utilisée dans les glacières. \ **10.** *Ports secs :* passages en montagne où étaient perçus les droits de douane. \ **11.** *Les cartes :* les jeux de cartes. \ **12.** *Laiton :* alliage de cuivre et de zinc. \ **13.** *Dîme de la mer :* taxe d'un dixième perçue à l'arrivée dans les ports. \ **14.** *Bois de rose :* bois exotique rare et prisé en ébénisterie.

LE COMTE DE CAMPOREAL, *éclatant de rire.*

Oh ! Le vieux diable ! Il prend les profits les plus clairs.
Excepté l'Inde [1], il a les îles des deux mers [2].
Quelle envergure ! il tient Mayorque [3] d'une griffe,
Et de l'autre il s'accroche au pic de Ténériffe [4] !

COVADENGA, *s'échauffant.*

Moi, je n'ai rien !

LE MARQUIS DE PRIEGO, *riant.*

Il a les nègres [5] !

Tous se lèvent et parlent à la fois, se querellant.

MONTAZGO

Je devrais
Me plaindre bien plutôt. Il me faut les forêts !

COVADENGA, *au marquis de Priego.*

Donnez-moi l'arsenic, je vous cède les nègres !

Depuis quelques instants, Ruy Blas est entré par la porte du fond et assiste à la scène sans être vu des interlocuteurs. Il est vêtu de velours noir, avec un manteau de velours écarlate ; il a la plume blanche au chapeau et la toison d'or au cou. Il les écoute d'abord en silence, puis, tout à coup, il s'avance à pas lents et paraît au milieu d'eux au plus fort de la querelle.

1. *L'Inde :* l'Amérique. \ **2.** *Des deux mers :* de la Méditerranée et de l'Atlantique (allusion d'une part aux Baléares, de l'autre aux Canaries). \ **3.** *Mayorque :* principale île des Baléares. \ **4.** *Ténériffe :* principale île des Canaries. \ **5.** *Nègres :* esclaves noirs ramenés d'Amérique.

Scène 2

Les mêmes, Ruy Blas

Ruy Blas, *survenant.*

Bon appétit, messieurs ! –

Tous se retournent. Silence de surprise et d'inquiétude. Ruy Blas se couvre, croise les bras, et poursuit en les regardant en face.

Ô ministres intègres !
Conseillers vertueux ! Voilà votre façon
De servir, serviteurs qui pillez la maison !
Donc vous n'avez pas honte et vous choisissez l'heure,
L'heure sombre où l'Espagne agonisante pleure !
Donc vous n'avez ici pas d'autres intérêts
Que d'emplir votre poche et vous enfuir après !
Soyez flétris, devant votre pays qui tombe,
Fossoyeurs qui venez le voler dans sa tombe !
– Mais voyez, regardez, ayez quelque pudeur.
L'Espagne et sa vertu, l'Espagne et sa grandeur,
Tout s'en va. – Nous avons, depuis Philippe Quatre,
Perdu le Portugal, le Brésil [1], sans combattre ;
En Alsace Brisach, Steinfort en Luxembourg [2] ;
Et toute la Comté [3] jusqu'au dernier faubourg ;
Le Roussillon [4], Ormuz [5], Goa [6], cinq mille lieues
De côte, et Fernambouc [7], et les Montagnes-Bleues [8] !
Mais voyez. – Du ponant [9] jusques à l'orient,
L'Europe, qui vous hait, vous regarde en riant.

1. *Portugal, Brésil :* perdus en 1640 à la suite de la révolte du duc de Bragance. \ **2.** *Brisach, Steinfort en Luxembourg :* cédés à Louis XIV par le traité des Pyrénées (1659). \ **3.** *Comté :* Franche-Comté, cédée par le traité de Nimègue. \ **4.** *Roussillon :* cédé à Louis XIV en même temps que Brisach et Steinfort. \ **5.** *Ormuz :* îles du golfe Persique. \ **6.** *Goa :* capitale des colonies portugaises de l'Inde, perdues avec le Portugal après 1640. \ **7.** *Fernambouc :* Pernambouc, capitainerie portugaise au Brésil. \ **8.** *Montagnes-Bleues :* chaîne de Jamaïque. L'île fut prise aux Espagnols par les Anglais en 1655. \ **9.** *Le ponant :* l'Occident, où le soleil se couche.

Comme si votre roi n'était plus qu'un fantôme,
La Hollande et l'Anglais [1] partagent ce royaume ;
Rome [2] vous trompe ; il faut ne risquer qu'à demi
Une armée en Piémont, quoique pays ami ;
La Savoie et son duc [3] sont pleins de précipices.
La France, pour vous prendre, attend des jours propices.
L'Autriche aussi vous guette. Et l'infant bavarois [4]
Se meurt, vous le savez. – Quant à vos vice-rois,
Médina [5], fou d'amour, emplit Naples d'esclandres [6],
Vaudémont [7] vend Milan, Legañez [8] perd les Flandres.
Quel remède à cela ? – L'État est indigent ;
L'État est épuisé de troupes et d'argent ;
Nous avons sur la mer, où Dieu met ses colères,
Perdu trois cents vaisseaux, sans compter les galères !
Et vous osez !... – Messieurs, en vingt ans, songez-y,
Le peuple, – j'en ai fait le compte, et c'est ainsi ! –
Portant sa charge énorme et sous laquelle il ploie,
Pour vous, pour vos plaisirs, pour vos filles de joie,
Le peuple misérable, et qu'on pressure encor,
A sué quatre cent trente millions d'or !
Et ce n'est pas assez ! et vous voulez, mes maîtres !... –
Ah ! j'ai honte pour vous ! – Au dedans, routiers [9], reîtres [10],
Vont battant le pays et brûlant la moisson.
L'escopette [11] est braquée au coin de tout buisson.
Comme si c'était peu de la guerre des princes,
Guerre entre les couvents, guerre entre les provinces,

1. *La Hollande et l'Anglais :* la Hollande et l'Angleterre venaient, en 1698, à La Haye, de projeter un partage de l'Espagne. \ **2.** *Rome :* le pape. \ **3.** *Son duc :* Victor-Amédée II, allié tantôt de la France, tantôt de l'empire habsbourgeois. \ **4.** *L'infant bavarois :* désigné par Charles II en 1698, il mourut l'année suivante. \ **5.** *Médina :* le duc de Médina. \ **6.** *Esclandres :* scandales. \ **7.** *Vaudémont :* gouverneur du Milanais, il favorisa les Français au détriment des Espagnols. \ **8.** *Legañez :* gouverneur pro-autrichien. \ **9.** *Routiers :* pillards. \ **10.** *Reîtres :* soldats brutaux. \ **11.** *Escopette :* carabine que l'on portait en bandoulière.

Tous voulant dévorer leur voisin éperdu,
Morsures d'affamés sur un vaisseau perdu !
Notre église en ruine est pleine de couleuvres ;
L'herbe y croît. Quant aux grands, des aïeux, mais pas d'œuvres.
Tout se fait par intrigue et rien par loyauté.
L'Espagne est un égout où vient l'impureté
De toute nation. – Tout seigneur à ses gages
A cent coupe-jarrets[1] qui parlent cent langages.
Génois, Sardes[2], Flamands, Babel[3] est dans Madrid.
L'alguazil[4], dur au pauvre, au riche s'attendrit.
La nuit on assassine, et chacun crie : à l'aide !
– Hier on m'a volé, moi, près du pont de Tolède ! –
La moitié de Madrid pille l'autre moitié.
Tous les juges vendus ; pas un soldat payé.
Anciens vainqueurs du monde, Espagnols que nous sommes.
Quelle armée avons-nous ? À peine six mille hommes,
Qui vont pieds nus. Des gueux, des juifs, des montagnards,
S'habillant d'une loque et s'armant de poignards.
Aussi d'un régiment toute bande se double.
Sitôt que la nuit tombe, il est une heure trouble
Où le soldat douteux se transforme en larron.
Matalobos a plus de troupes qu'un baron.
Un voleur fait chez lui la guerre au roi d'Espagne.
Hélas ! les paysans qui sont dans la campagne
Insultent en passant la voiture du roi :
Et lui, votre seigneur, plein de deuil et d'effroi,
Seul, dans l'Escurial, avec les morts qu'il foule,
Courbe son front pensif sur qui l'empire croule !
– Voilà ! – L'Europe, hélas ! écrase du talon

1. *Coupe-jarrets :* assassins, brigands sans scrupules. \ 2. *Sardes :* de Sardaigne. \ 3. *Babel :* nom hébreu de Babylone ; ses habitants cherchèrent à bâtir une tour qui s'élevait jusqu'aux cieux. Dieu, pour les punir, les divisa en leur donnant des langues différentes. \ 4. *Alguazil :* policier.

Ce pays qui fut pourpre[1] et n'est plus que haillon[2].
L'État s'est ruiné dans ce siècle funeste,
Et vous vous disputez à qui prendra le reste !
Ce grand peuple espagnol aux membres énervés,
Qui s'est couché dans l'ombre et sur qui vous vivez,
Expire dans cet antre où son sort se termine,
Triste comme un lion mangé par la vermine !
– Charles Quint[3], dans ces temps d'opprobre et de terreur,
Que fais-tu dans ta tombe, ô puissant empereur ?
Oh ! lève-toi ! viens voir ! – Les bons font place aux pires.
Ce royaume effrayant, fait d'un amas d'empires,
Penche... Il nous faut ton bras ! Au secours, Charles Quint !
Car l'Espagne se meurt ! car l'Espagne s'éteint !
Ton globe, qui brillait dans ta droite[4] profonde,
Soleil éblouissant, qui faisait croire au monde
Que le jour désormais se levait à Madrid,
Maintenant, astre mort, dans l'ombre s'amoindrit,
Lune aux trois quarts rongée et qui décroît encore,
Et que d'un autre peuple effacera l'aurore !
Hélas ! ton héritage est en proie aux vendeurs.
Tes rayons, ils en font des piastres ! Tes splendeurs,
On les souille ! – Ô géant ! Se peut-il que tu dormes ? –
On vend ton sceptre au poids ! Un tas de nains difformes
Se taillent des pourpoints dans ton manteau de roi ;
Et l'aigle impérial, qui, jadis, sous ta loi,
Couvrait le monde entier de tonnerre et de flamme,
Cuit, pauvre oiseau plumé, dans leur marmite infâme !

Les conseillers se taisent consternés. Seuls, le marquis de Priego et le comte de Camporeal redressent la tête et regardent Ruy Blas avec colère.

1. *Pourpre :* couleur du manteau impérial. \ **2.** *Haillon :* lambeau déchiré. \ **3.** *Charles Quint :* roi d'Espagne et empereur germanique de 1519 à 1556, grand adversaire de François Ier. \ **4.** *Ta droite :* ta main droite, celle qui tenait le globe, emblème du pouvoir impérial.

Puis Camporeal, après avoir parlé à Priego, va à la table, écrit quelques mots sur un papier, les signe et les fait signer au marquis.

Le comte de Camporeal, *désignant le marquis de Priego et remettant le papier à Ruy Blas.*

Monsieur le duc, – au nom de tous les deux, – voici
Notre démission de notre emploi.

Ruy Blas, *prenant le papier, froidement.*

Merci.
Vous vous retirerez, avec votre famille,
À Priego.
Vous, en Andalousie, –
À Camporeal.
Et vous, comte, en Castille.
Chacun dans vos États. Soyez partis demain.

Les deux seigneurs s'inclinent et sortent fièrement, le chapeau sur la tête. Ruy Blas se tourne vers les autres conseillers.

Quiconque ne veut pas marcher dans mon chemin
Peut suivre ces messieurs.

Silence dans les assistants. Ruy Blas s'assied à la table sur une chaise à dossier placée à droite du fauteuil royal, et s'occupe à décacheter une correspondance. Pendant qu'il parcourt les lettres l'une après l'autre, Covadenga, Arias et Ubilla échangent quelques paroles à voix basse.

Ubilla, *à Covadenga, montrant Ruy Blas.*

Fils[1], nous avons un maître.
Cet homme sera grand.

Don Manuel Arias

Oui, s'il a le temps d'être.

1. *Fils*: vocatif amical à un plus jeune que soi.

COVADENGA

Et s'il ne se perd pas à tout voir de trop près.

UBILLA

Il sera Richelieu[1] !

DON MANUEL ARIAS

S'il n'est Olivarez[2] !

RUY BLAS, *après avoir parcouru vivement une lettre qu'il vient d'ouvrir.*

Un complot ! Qu'est-ce ceci ? Messieurs, que vous disais-je ?
Lisant.
– … « Duc d'Olmedo, veillez. Il se prépare un piège
« Pour enlever quelqu'un de très grand de Madrid. »
Examinant la lettre.
– On ne nomme pas qui. Je veillerai. – L'écrit
Est anonyme. –
Entre un huissier de cour qui s'approche de Ruy Blas avec une profonde révérence.
Allons ! qu'est-ce ?

L'HUISSIER

À votre excellence
J'annonce monseigneur l'ambassadeur de France.

RUY BLAS

Ah ! d'Harcourt ! Je ne puis à présent.

L'HUISSIER, *s'inclinant.*

Monseigneur,

1. *Richelieu :* principal ministre et homme de confiance de Louis XIII. \ **2.** *Olivarez :* homme de confiance de Philippe IV. Adversaire de Richelieu pendant la guerre de Trente Ans qui opposa la France et l'Espagne de 1618 à 1648.

Le nonce impérial[1] dans la chambre d'honneur
Attend votre excellence.

Ruy Blas

À cette heure ? Impossible.

L'huissier s'incline et sort. Depuis quelques instants, un page est entré, vêtu d'une livrée couleur de feu à galons[2] d'argent, et s'est approché de Ruy Blas.

Ruy Blas, *l'apercevant.*

Mon page ! je ne suis pour personne visible.

Le page, *bas.*

Le comte Guritan, qui revient de Neubourg…

Ruy Blas, *avec un geste de surprise.*

Ah ! – Page, enseigne-lui ma maison du faubourg.
Qu'il m'y vienne trouver demain, si bon lui semble.
Va.

Le page sort. Aux conseillers.

Nous aurons tantôt à travailler ensemble.
Dans deux heures. Messieurs, revenez.

Tous sortent en saluant profondément Ruy Blas.

Ruy Blas, resté seul, fait quelques pas en proie à une rêverie profonde. Tout à coup, à l'angle du salon, la tapisserie s'écarte et la reine apparaît. Elle est vêtue de blanc avec la couronne en tête ; elle paraît rayonnante de joie et fixe sur Ruy Blas un regard d'admiration et de respect. Elle soutient d'un bras la tapisserie, derrière laquelle on entrevoit une sorte de cabinet obscur où l'on distingue une petite porte. Ruy Blas, en se retournant, aperçoit la reine et reste comme pétrifié devant cette apparition.

1. *Nonce impérial :* ambassadeur de l'empereur. \ 2. *Galons :* rubans épais et étroits.

Scène 3

RUY BLAS, LA REINE

LA REINE, *du fond du théâtre.*
Oh ! merci !

RUY BLAS

Ciel !

LA REINE

Vous avez bien fait de leur parler ainsi.
Je n'y puis résister, duc, il faut que je serre
Cette loyale main si ferme et si sincère !
Elle marche vivement à lui et lui prend la main, qu'elle presse avant qu'il ait pu s'en défendre.

RUY BLAS

À part.
La fuir depuis six mois et la voir tout à coup !
Haut.
Vous étiez là, madame ?...

LA REINE

Oui, duc, j'entendais tout
J'étais là. J'écoutais avec toute mon âme !

RUY BLAS, *montrant la cachette.*
Je ne soupçonnais pas... – Ce cabinet, madame...

LA REINE

Personne ne le sait. C'est un réduit obscur
Que don Philippe Trois [1] fit creuser dans ce mur,
D'où le maître invisible entend tout comme une ombre.

---

1. *Don Philippe Trois :* roi d'Espagne de 1598 à 1621.

Là j'ai vu bien souvent Charles Deux, morne et sombre,
Assister aux conseils où l'on pillait son bien,
Où l'on vendait l'État.

RUY BLAS

Et que disait-il ?

LA REINE

Rien.

RUY BLAS

Rien ? – et que faisait-il ?

LA REINE

Il allait à la chasse.
Mais vous ! j'entends encor votre accent qui menace.
Comme vous les traitiez d'une haute façon,
Et comme vous aviez superbement raison !
Je soulevais le bord de la tapisserie,
Je vous voyais. Votre œil, irrité sans furie,
Les foudroyait d'éclairs, et vous leur disiez tout.
Vous me sembliez seul être resté debout !
Mais où donc avez-vous appris toutes ces choses ?
D'où vient que vous savez les effets et les causes ?
Vous n'ignorez donc rien ? D'où vient que votre voix
Parlait comme devrait parler celle des rois ?
Pourquoi donc étiez-vous, comme eût été Dieu même,
Si terrible et si grand ?

RUY BLAS

Parce que je vous aime !
Parce que je sens bien, moi qu'ils haïssent tous,
Que ce qu'ils font crouler s'écroulera sur vous !
Parce que rien n'effraie une ardeur si profonde,

Et que pour vous sauver je sauverais le monde !
Je suis un malheureux qui vous aime d'amour.
Hélas ! je pense à vous comme l'aveugle au jour.
Madame, écoutez-moi. J'ai des rêves sans nombre.
Je vous aime de loin, d'en bas, du fond de l'ombre ;
Je n'oserais toucher le bout de votre doigt,
Et vous m'éblouissez comme un ange qu'on voit !
– Vraiment, j'ai bien souffert. Si vous saviez, madame !
Je vous parle à présent. Six mois, cachant ma flamme,
J'ai fui. Je vous fuyais et je souffrais beaucoup.
Je ne m'occupe pas de ces hommes du tout,
Je vous aime. – Ô mon dieu, j'ose le dire en face
À votre majesté. Que faut-il que je fasse ?
Si vous me disiez : meurs ! je mourrais. J'ai l'effroi
Dans le cœur. Pardonnez !

LA REINE

Oh ! parle ! ravis-moi !
Jamais on ne m'a dit ces choses-là. J'écoute !
Ton âme en me parlant me bouleverse toute.
J'ai besoin de tes yeux, j'ai besoin de ta voix.
Oh ! c'est moi qui souffrais ! Si tu savais ! cent fois,
Cent fois, depuis six mois que ton regard m'évite...
– Mais non, je ne dois pas dire cela si vite.
Je suis bien malheureuse. Oh ! je me tais, j'ai peur !

RUY BLAS, *qui l'écoute avec ravissement.*
Oh ! madame, achevez ! vous m'emplissez le cœur !

LA REINE

Eh bien, écoute donc !
Levant les yeux au ciel.
– Oui, je vais tout lui dire.
Est-ce un crime ? Tant pis ! Quand le cœur se déchire,

Il faut bien laisser voir tout ce qu'on y cachait. –
Tu fuis la reine ? Eh bien, la reine te cherchait !
Tous les jours je viens là, – là, dans cette retraite, –
T'écoutant, recueillant ce que tu dis, muette,
Contemplant ton esprit qui veut, juge et résout,
Et prise par ta voix qui m'intéresse à tout.
Va, tu me sembles bien le vrai roi, le vrai maître.
C'est moi, depuis six mois, tu t'en doutes peut-être,
Qui t'ai fait, par degrés, monter jusqu'au sommet.
Où Dieu t'aurait dû mettre une femme te met.
Oui, tout ce qui me touche a tes soins. Je t'admire.
Autrefois une fleur, à présent un empire !
D'abord je t'ai vu bon, et puis je te vois grand.
Mon Dieu ! c'est à cela qu'une femme se prend !
Mon Dieu ! si je fais mal, pourquoi, dans cette tombe,
M'enfermer, comme on met en cage une colombe,
Sans espoir, sans amour, sans un rayon doré ?
– Un jour que nous aurons le temps, je te dirai
Tout ce que j'ai souffert. – Toujours seule, oubliée.
Et puis, à chaque instant, je suis humiliée.
Tiens, juge : hier encor… – Ma chambre me déplaît.
– Tu dois savoir cela, toi qui sais tout, il est
Des chambres où l'on est plus triste que dans d'autres ; –
J'en ai voulu changer. Vois quels fers sont les nôtres,
On ne l'a pas voulu. Je suis esclave ainsi ! –
Duc, il faut, – dans ce but le ciel t'envoie ici, –
Sauver l'État qui tremble, et retirer du gouffre
Le peuple qui travaille, et m'aimer, moi qui souffre.
Je te dis tout cela sans suite, à ma façon,
Mais tu dois cependant voir que j'ai bien raison.

RUY BLAS, *tombant à genoux.*

Madame…

LA REINE, *gravement.*

Don César, je vous donne mon âme.
Reine pour tous, pour vous je ne suis qu'une femme.
Par l'amour, par le cœur, duc, je vous appartien[1].
J'ai foi dans votre honneur pour respecter le mien.
Quand vous m'appellerez, je viendrai. Je suis prête.
– Ô César ! un esprit sublime est dans ta tête.
Sois fier, car le génie est ta couronne, à toi !
Elle baise Ruy Blas au front.
Adieu.
Elle soulève la tapisserie et disparaît.

Scène 4

RUY BLAS, *seul.*

Il est comme absorbé dans une contemplation angélique.

Devant mes yeux c'est le ciel que je voi[2] !
De ma vie, ô mon Dieu ! cette heure est la première.
Devant moi tout un monde, un monde de lumière,
Comme ces paradis qu'en songe nous voyons,
S'entr'ouvre en m'inondant de vie et de rayons !
Partout, en moi, hors moi, joie, extase et mystère,
Et l'ivresse, et l'orgueil, et ce qui sur la terre
Se rapproche le plus de la divinité,
L'amour dans la puissance et dans la majesté !
La reine m'aime ! ô Dieu ! c'est bien vrai, c'est moi-même.
Je suis plus que le roi puisque la reine m'aime !
Oh ! cela m'éblouit. Heureux, aimé, vainqueur !
Duc d'Olmedo, – l'Espagne à mes pieds, – j'ai son cœur !
Cet ange qu'à genoux je contemple et je nomme,

1. *Appartien :* licence orthographique admise à la rime. \ **2.** *Voi :* licence pour la rime.

D'un mot me transfigure et me fait plus qu'un homme.
Donc je marche vivant dans mon rêve étoilé !
Oh ! oui, j'en suis bien sûr, elle m'a bien parlé.
C'est bien elle. Elle avait un petit diadème[1]
En dentelle d'argent. Et je regardais même
Pendant qu'elle parlait, – je crois la voir encor, –
Un aigle ciselé sur son bracelet d'or.
Elle se fie à moi, m'a-t-elle dit. – Pauvre ange !
Oh ! s'il est vrai que Dieu, par un prodige étrange,
En nous donnant l'amour, voulut mêler en nous
Ce qui fait l'homme grand à ce qui le fait doux,
Moi, qui ne crains plus rien maintenant qu'elle m'aime,
Moi, qui suis tout-puissant, grâce à son choix suprême,
Moi, dont le cœur gonflé ferait envie aux rois,
Devant Dieu qui m'entend, sans peur, à haute voix,
Je le dis, vous pouvez vous confier, madame,
À mon bras comme reine, à mon cœur comme femme !
Le dévouement se cache au fond de mon amour
Pur et loyal ! – Allez, ne craignez rien ! –

Depuis quelques instants, un homme est entré par la porte du fond, enveloppé d'un grand manteau, coiffé d'un chapeau galonné d'argent. Il s'est avancé lentement vers Ruy Blas sans être vu, et, au moment où Ruy Blas, ivre d'extase et de bonheur, lève les yeux au ciel, cet homme lui pose brusquement la main sur l'épaule. Ruy Blas se retourne comme réveillé subitement. L'homme laisse tomber son manteau, et Ruy Blas reconnaît don Salluste. Don Salluste est vêtu d'une livrée couleur de feu à galons d'argent, pareille à celle du page de Ruy Blas.

1. *Diadème :* bandeau précieux dont les souverains se ceignent le front.

Scène 5

RUY BLAS, DON SALLUSTE

DON SALLUSTE, *posant la main sur l'épaule de Ruy Blas.*
Bonjour.

RUY BLAS, *effaré.*
À part.
Grand dieu ! je suis perdu ! le marquis !

DON SALLUSTE, *souriant.*
Je parie
Que vous ne pensiez pas à moi.

RUY BLAS
Sa seigneurie,
En effet, me surprend.
À part.
Oh ! mon malheur renaît.
J'étais tourné vers l'ange et le démon venait.
Il court à la tapisserie qui cache le cabinet secret et en ferme la petite porte au verrou ; puis il revient tout tremblant vers don Salluste.

DON SALLUSTE
Eh bien ! comment cela va t il ?

RUY BLAS, *l'œil fixé sur don Salluste impassible, pouvant à peine rassembler ses idées.*
Cette livrée ?...

DON SALLUSTE, *souriant toujours.*
Il fallait du palais me procurer l'entrée.
Avec cet habit-là l'on arrive partout.
J'ai pris votre livrée et la trouve à mon goût.
Il se couvre. Ruy Blas reste tête nue.

RUY BLAS

Mais j'ai peur pour vous…

DON SALLUSTE

Peur ! Quel est ce mot risible ?

RUY BLAS

Vous êtes exilé !

DON SALLUSTE

Croyez-vous ? C'est possible.

RUY BLAS

Si l'on vous reconnaît, au palais, en plein jour ?

DON SALLUSTE

Ah bah ! des gens heureux, qui sont des gens de cour,
Iraient perdre leur temps, ce temps qui sitôt passe,
À se ressouvenir d'un visage en disgrâce !
D'ailleurs, regarde-t-on le profil d'un valet ?
Il s'assied dans un fauteuil, et Ruy Blas reste debout.
À propos, que dit-on à Madrid, s'il vous plaît ?
Est-il vrai que, brûlant d'un zèle hyperbolique [1],
Ici, pour les beaux yeux de la caisse publique,
Vous exilez ce cher Priego, l'un des grands ?
Vous avez oublié que vous êtes parents.
Sa mère est Sandoval, la vôtre aussi. Que diable !
Sandoval porte d'or à la bande de sable [2].
Regardez vos blasons, don César. C'est fort clair.
Cela ne se fait pas entre parents, mon cher.
Les loups pour nuire aux loups font-ils les bons apôtres ?

1. *Hyperbolique :* exagéré, excessif. \ **2.** *Porte d'or à la bande de sable :* en héraldique, sable désigne la couleur noire ; le blason de Sandoval, à fond d'or, est traversé en diagonale par une bande noire.

Ouvrez les yeux pour vous, fermez-les pour les autres.
Chacun pour soi.

RUY BLAS, *se rassurant un peu.*

Pourtant, monsieur, permettez-moi.
Monsieur de Priego, comme noble du roi,
A grand tort d'aggraver les charges de l'Espagne.
Or, il va falloir mettre une armée en campagne ;
Nous n'avons pas d'argent, et pourtant il le faut.
L'héritier bavarois penche à mourir bientôt.
Hier, le comte d'Harrach, que vous devez connaître,
Me le disait au nom de l'empereur son maître.
Si monsieur l'archiduc veut soutenir son droit,
La guerre éclatera[1]...

DON SALLUSTE

L'air me semble un peu froid.
Faites-moi le plaisir de fermer la croisée.

Ruy Blas, pâle de honte et de désespoir, hésite un moment ; puis il fait un effort et se dirige lentement vers la fenêtre, la ferme, et revient vers don Salluste, qui, assis dans le fauteuil, le suit des yeux d'un air indifférent.

RUY BLAS, *reprenant et essayant de convaincre don Salluste.*

Daignez voir à quel point la guerre est malaisée.
Que faire sans argent ? Excellence, écoutez.
Le salut de l'Espagne est dans nos probités[2].
Pour moi, j'ai, comme si notre armée était prête,
Fait dire à l'empereur que je lui tiendrais tête...

1. *La guerre éclatera :* la question de la succession de Charles II déclenchera en effet une guerre qui opposera de 1701 à 1714 la France et l'Espagne à une coalition européenne. \ **2.** *Est dans nos probités :* dépend de notre honnêteté.

DON SALLUSTE, *interrompant Ruy Blas et lui montrant son mouchoir, qu'il a laissé tomber en entrant.*

Pardon ! ramassez-moi mon mouchoir.

Ruy Blas, comme à la torture, hésite encore, puis se baisse, ramasse le mouchoir, et le présente à don Salluste.

DON SALLUSTE, *mettant le mouchoir dans sa poche.*

– Vous disiez ?…

RUY BLAS, *avec effort.*

Le salut de l'Espagne ! – oui, l'Espagne à nos pieds,
Et l'intérêt public demandent qu'on s'oublie.
Ah ! toute nation bénit qui la délie.
Sauvons ce peuple ! Osons être grands, et frappons !
Ôtons l'ombre à l'intrigue et le masque aux fripons !

DON SALLUSTE, *nonchalamment.*

Et d'abord ce n'est pas de bonne compagnie. –
Cela sent son pédant et son petit génie
Que de faire sur tout un bruit démesuré.
Un méchant million, plus ou moins dévoré,
Voilà-t-il pas de quoi pousser des cris sinistres !
Mon cher, les grands seigneurs ne sont pas de vos cuistres[1].
Ils vivent largement. Je parle sans phébus[2].
Le bel air que celui d'un redresseur d'abus
Toujours bouffi d'orgueil et rouge de colère !
Mais bah ! vous voulez être un gaillard populaire,
Adoré des bourgeois et des marchands d'esteufs[3].
C'est fort drôle. Ayez donc des caprices plus neufs.
Les intérêts publics ? Songez d'abord aux vôtres.
Le salut de l'Espagne est un mot creux que d'autres

---

1. *Cuistres :* pédants ridicules. \ **2.** *Phébus :* propos embrouillés et prétentieux. \ **3.** *Esteufs :* balles du jeu de paume.

Feront sonner, mon cher, tout aussi bien que vous.
La popularité ? C'est la gloire en gros sous.
Rôder, dogue aboyant, tout autour des gabelles ?
Charmant métier ! je sais des postures plus belles.
Vertu ? foi ? probité ? c'est du clinquant déteint.
C'était usé déjà du temps de Charles Quint.
Vous n'êtes pas un sot ; faut-il qu'on vous guérisse
Du pathos[1] ? Vous tétiez encor votre nourrice,
Que nous autres déjà, nous avions sans pitié,
Gaîment, à coups d'épingle ou bien à coups de pié[2],
Crevant votre ballon au milieu des risées,
Fait sortir tout le vent de ces billevesées[3] !

RUY BLAS

Mais pourtant, monseigneur…

DON SALLUSTE, *avec un sourire glacé.*

Vous êtes étonnant.
Occupons-nous d'objets sérieux, maintenant.
D'un ton bref et impérieux.
– Vous m'attendrez demain toute la matinée
Chez vous, dans la maison que je vous ai donnée.
La chose que je fais touche à l'événement.
Gardez pour nous servir les muets seulement.
Ayez dans le jardin, caché sous le feuillage,
Un carrosse attelé, tout prêt pour un voyage.
J'aurai soin des relais. Faites tout à mon gré.
– Il vous faut de l'argent, je vous en enverrai. –

1. *Pathos :* émotion et volonté d'émouvoir. Ici, surtout dans le sens d'« emphase ». \ **2.** *Pié :* archaïsme utilisé pour la rime. \ **3.** *Billevesées :* propos littéralement « gonflés de vent », inconsistants.

Ruy Blas

Monsieur, j'obéirai. Je consens à tout faire.
Mais jurez-moi d'abord qu'en toute cette affaire
La reine n'est pour rien.

Don Salluste, *qui jouait avec un couteau d'ivoire sur la table, se retourne à demi.*

De quoi vous mêlez-vous ?

Ruy Blas, *chancelant et le regardant avec épouvante.*

Oh ! vous êtes un homme effrayant. Mes genoux
Tremblent… Vous m'entraînez vers un gouffre invisible.
Oh ! je sens que je suis dans une main terrible !
Vous avez des projets monstrueux. J'entrevoi [1]
Quelque chose d'horrible… – Ayez pitié de moi !
Il faut que je vous dise, – hélas ! jugez vous-même ! –
Vous ne le saviez pas ! cette femme, je l'aime !

Don Salluste, *froidement.*

Mais si. Je le savais.

Ruy Blas

Vous le saviez !

Don Salluste

Pardieu !
Qu'est-ce que cela fait ?

Ruy Blas, *s'appuyant au mur pour ne pas tomber, et comme se parlant à lui-même.*

Donc il s'est fait un jeu,
Le lâche, d'essayer sur moi cette torture !
Mais c'est que ce serait une affreuse aventure !

1. *J'entrevoi :* au lieu de « j'entrevois », pour la rime.

Il lève les yeux au ciel.
Seigneur Dieu tout-puissant ! Mon Dieu qui m'éprouvez,
Épargnez-moi, seigneur !

DON SALLUSTE

Ah çà, mais – vous rêvez !
Vraiment ! vous vous prenez au sérieux, mon maître.
C'est bouffon. Vers un but que seul je dois connaître,
But plus heureux pour vous que vous ne le pensez,
J'avance. Tenez-vous tranquille. Obéissez.
Je vous l'ai déjà dit et je vous le répète,
Je veux votre bonheur. Marchez, la chose est faite.
Puis, grand'chose après tout que des chagrins d'amour !
Nous passons tous par là. C'est l'affaire d'un jour.
Savez-vous qu'il s'agit du destin d'un empire ?
Qu'est le vôtre à côté ? Je veux bien tout vous dire,
Mais ayez le bon sens de comprendre aussi, vous.
Soyez de votre état. Je suis très bon, très doux,
Mais, que diable ! un laquais, d'argile humble ou choisie,
N'est qu'un vase où je veux verser ma fantaisie.
De vous autres, mon cher, on fait tout ce qu'on veut.
Votre maître, selon le dessein qui l'émeut,
À son gré vous déguise, à son gré vous démasque.
Je vous ai fait seigneur. C'est un rôle fantasque,
– Pour l'instant. – Vous avez l'habillement complet.
Mais, ne l'oubliez pas, vous êtes mon valet.
Vous courtisez la reine ici par aventure[1],
Comme vous monteriez derrière ma voiture.
Soyez donc raisonnable.

1. *Par aventure :* par hasard.

RUY BLAS, *qui l'a écouté avec égarement et comme ne pouvant en croire ses oreilles.*

Ô mon Dieu ! – Dieu clément !
Dieu juste ! de quel crime est-ce le châtiment ?
Qu'est-ce donc que j'ai fait ? Vous êtes notre père,
Et vous ne voulez pas qu'un homme désespère !
Voilà donc où j'en suis ! – et, volontairement,
Et sans tort de ma part, – pour voir, – uniquement
Pour voir agoniser une pauvre victime,
Monseigneur, vous m'avez plongé dans cet abîme.
Tordre un malheureux cœur plein d'amour et de foi,
Afin d'en exprimer la vengeance pour soi !

Se parlant à lui-même.

Car c'est une vengeance ! oui, la chose est certaine !
Et je devine bien que c'est contre la reine !
Qu'est-ce que je vais faire ? Aller lui dire tout ?
Ciel ! devenir pour elle un objet de dégoût
Et d'horreur ! un crispin[1], un fourbe à double face !
Un effronté coquin qu'on bâtonne et qu'on chasse !
Jamais ! – Je deviens fou, ma raison se confond !

Une pause. Il rêve.

Ô mon Dieu ! voilà donc les choses qui se font !
Bâtir une machine effroyable dans l'ombre,
L'armer hideusement de rouages sans nombre,
Puis, sous la meule, afin de voir comment elle est,
Jeter une livrée, une chose, un valet,
Puis la faire mouvoir, et soudain sous la roue
Voir sortir des lambeaux teints de sang et de boue,
Une tête brisée, un cœur tiède et fumant,
Et ne pas frissonner alors qu'en ce moment
On reconnaît, malgré le mot dont on le nomme,

1. *Crispin :* archétype du valet de comédie.

Que ce laquais était l'enveloppe d'un homme !
Se tournant vers don Salluste.
Mais il est temps encore ! oh ! monseigneur, vraiment,
L'horrible roue encor n'est pas en mouvement !
Il se jette à ses pieds.
Ayez pitié de moi ! grâce ! ayez pitié d'elle !
Vous savez que je suis un serviteur fidèle.
Vous l'avez dit souvent. Voyez, je me soumets !
Grâce !

Don Salluste

Cet homme-là ne comprendra jamais.
C'est impatientant !

Ruy Blas, *se traînant à ses pieds.*

Grâce !

Don Salluste

Abrégeons, mon maître.
Il se tourne vers la fenêtre.
Gageons que vous avez mal fermé la fenêtre.
Il vient un froid par là !
Il va à la croisée et la ferme.

Ruy Blas, *se relevant.*

Ho ! c'est trop ! À présent
Je suis duc d'Olmedo, ministre tout-puissant !
Je relève le front sous le pied qui m'écrase.

Don Salluste

Comment dit-il cela ? Répétez donc la phrase.
Ruy Blas, duc d'Olmedo ? Vos yeux ont un bandeau.
Ce n'est que sur Bazan qu'on a mis Olmedo.

Ruy Blas

Je vous fais arrêter.

Don Salluste

Je dirai qui vous êtes.

Ruy Blas, *exaspéré.*

Mais…

Don Salluste

Vous m'accuserez ? J'ai risqué nos deux têtes.
C'est prévu. Vous prenez trop tôt l'air triomphant.

Ruy Blas

Je nierai tout !

Don Salluste

Allons ! vous êtes un enfant.

Ruy Blas

Vous n'avez pas de preuve !

Don Salluste

Et vous pas de mémoire.
Je fais ce que je dis, et vous pouvez m'en croire.
Vous n'êtes que le gant, et moi, je suis la main.
Bas et se rapprochant de Ruy Blas.
Si tu n'obéis pas, si tu n'es pas demain
Chez toi, pour préparer ce qu'il faut que je fasse,
Si tu dis un seul mot de tout ce qui se passe,
Si tes yeux, si ton geste en laissent rien percer,
Celle pour qui tu crains, d'abord, pour commencer,
Par ta folle aventure, en cent lieux répandue,
Sera publiquement diffamée et perdue.
Puis elle recevra, ceci n'a rien d'obscur,

Sous cachet, un papier, que je garde en lieu sûr,
Écrit, te souvient-il avec quelle écriture ?
Signé, tu dois savoir de quelle signature ?
Voici ce que ses yeux y liront : « Moi, Ruy Blas,
« Laquais de monseigneur le marquis de Finlas,
« En toute occasion, ou secrète, ou publique,
« M'engage à le servir comme un bon domestique. »

RUY BLAS, *brisé et d'une voix éteinte.*

Il suffit. – Je ferai, monsieur, ce qu'il vous plaît.

La porte du fond s'ouvre. On voit rentrer les conseillers du conseil privé. Don Salluste s'enveloppe vivement de son manteau.

DON SALLUSTE, *bas.*

On vient.

Il salue profondément Ruy Blas.

Haut.

Monsieur le duc, je suis votre valet.

Il sort.

Acte IV

Don César

Une petite chambre somptueuse et sombre. Lambris[1] *et meubles de vieille forme et de vieille dorure. Murs couverts d'anciennes tentures de velours cramoisi*[2]*, écrasé et miroitant par places et derrière le dos des fauteuils, avec de larges galons d'or qui le divisent en bandes verticales. Au fond, une porte à deux battants. À gauche, sur un pan coupé, une grande cheminée sculptée du temps de Philippe II*[3]*, avec écusson de fer battu dans l'intérieur. Du côté opposé, sur un pan coupé, une petite porte basse donnant dans un cabinet obscur. Une seule fenêtre à gauche, placée très haut et garnie de barreaux et d'un auvent inférieur comme les croisées des prisons. Sur le mur, quelques vieux portraits enfumés et à demi effacés. Coffre de garde-robe avec miroir de Venise. Grands fauteuils du temps de Philippe III. Une armoire très ornée adossée au mur. Une table carrée avec ce qu'il faut pour écrire. Un petit guéridon de forme ronde à pieds dorés dans un coin. C'est le matin.*

Au lever du rideau, Ruy Blas, vêtu de noir, sans manteau et sans la toison, vivement agité, se promène à grands pas dans la chambre. Au fond se tient son page, immobile et comme attendant ses ordres.

---

1. *Lambris :* revêtement mural décoratif. \ **2.** *Cramoisi :* rouge foncé. \ **3.** *Philippe II :* roi de 1556 à 1598.

Scène première

Ruy Blas, le page

Ruy Blas, *à part, et se parlant à lui-même.*

TEXTE 10

Que faire ? – Elle d'abord ! elle avant tout ! – rien qu'elle !
Dût-on voir sur un mur rejaillir ma cervelle,
Dût le gibet me prendre ou l'enfer me saisir !
Il faut que je la sauve ! – oui ! mais y réussir ?
Comment faire ? donner mon sang, mon cœur, mon âme,
Ce n'est rien, c'est aisé. Mais rompre cette trame !
Deviner… – deviner ! car il faut deviner ! –
Ce que cet homme a pu construire et combiner !
Il sort soudain de l'ombre et puis il s'y replonge,
Et là, seul dans sa nuit, que fait-il ? – Quand j'y songe,
Dans le premier moment je l'ai prié pour moi !
Je suis un lâche, et puis c'est stupide ! – eh bien, quoi !
C'est un homme méchant. – Mais que je m'imagine
– La chose a sans nul doute une ancienne origine, –
Que lorsqu'il tient sa proie et la mâche à moitié,
Ce démon va lâcher la reine, par pitié
Pour son valet ! Peut-on fléchir les bêtes fauves ?
– Mais, misérable, il faut pourtant que tu la sauves !
C'est toi qui l'as perdue ! à tout prix ! il le faut !
– C'est fini. Me voilà retombé ! De si haut !
Si bas ! J'ai donc rêvé ! – Ho ! je veux qu'elle échappe !
Mais lui ! par quelle porte, ô Dieu, par quelle trappe,
Par où va-t-il venir, l'homme de trahison ?
Dans ma vie et dans moi, comme en cette maison,
Il est maître. Il en peut arracher les dorures.
Il a toutes les clefs de toutes les serrures.
Il peut entrer, sortir, dans l'ombre s'approcher,
Et marcher sur mon cœur comme sur ce plancher.

– Oui, c'est que je rêvais ! le sort trouble nos têtes
Dans la rapidité des choses sitôt faites. –
Je suis fou. Je n'ai plus une idée en son lieu.
Ma raison, dont j'étais si vain[1], mon Dieu ! mon Dieu !
Prise en un tourbillon d'épouvante et de rage,
N'est plus qu'un pauvre jonc tordu par un orage !
Que faire ? Pensons bien. D'abord empêchons-la
De sortir du palais. – Oh ! oui, le piège est là
Sans doute. Autour de moi, tout est nuit, tout est gouffre.
Je sens le piège, mais je ne vois pas. – Je souffre !
C'est dit. Empêchons-la de sortir du palais.
Faisons-la prévenir sûrement, sans délais. –
Par qui ? – je n'ai personne !

Il rêve avec accablement. Puis, tout à coup, comme frappé d'une idée subite et d'une lueur d'espoir, il relève la tête.

Oui, don Guritan l'aime !
C'est un homme loyal ! Oui !

Faisant signe au page de s'approcher. Bas.

– Page, à l'instant même,
Va chez don Guritan, et fais-lui de ma part
Mes excuses, et puis dis-lui que sans retard
Il aille chez la reine et qu'il la prie en grâce,
En mon nom comme au sien, quoi qu'on dise ou qu'on fasse,
De ne point s'absenter du palais de trois jours.
Quoi qu'il puisse arriver. De ne point sortir. Cours !

Rappelant le page.

Ah !

Il tire de son garde-notes une feuille et un crayon.

Qu'il donne ce mot à la reine, et qu'il veille !

Il écrit sur son genou.

– « Croyez don Guritan, faites ce qu'il conseille ! »

1. *Vain* : fier.

Il ploie le papier et le remet au page.
Quant à ce duel, dis-lui que j'ai tort, que je suis
À ses pieds, qu'il me plaigne et que j'ai des ennuis,
Qu'il porte chez la reine à l'instant mes suppliques[1],
Et que je lui ferai des excuses publiques.
Qu'elle est en grand péril. Qu'elle ne sorte point.
Quoi qu'il arrive. Au moins trois jours ! – De point en point
Fais tout. Va, sois discret, ne laisse rien paraître.

LE PAGE
Je vous suis dévoué. Vous êtes un bon maître.

RUY BLAS
Cours, mon bon petit page. As-tu bien tout compris ?

LE PAGE
Oui, monseigneur ; soyez tranquille.
Il sort.

RUY BLAS, *resté seul, tombant sur un fauteuil.*
Mes esprits
Se calment. Cependant, comme dans la folie,
Je sens confusément des choses que j'oublie.
Oui, le moyen est sûr. – Don Guritan !… – Mais moi ?
Faut-il attendre ici don Salluste ? Pourquoi ?
Non. Ne l'attendons pas. Cela le paralyse
Tout un grand jour. Allons prier dans quelque église.
Sortons. J'ai besoin d'aide, et Dieu m'inspirera !
Il prend son chapeau sur une crédence[2]*, et secoue une sonnette posée sur la table. Deux nègres, vêtus de velours vert clair et de brocart*[3] *d'or, jaquettes*[4] *plissées à grandes basques, paraissent à la porte du fond.*

---

1. *Suppliques :* lettre de sollicitation. \ **2.** *Crédence :* meuble sur lequel on pose la vaisselle qui doit servir à table. \ **3.** *Brocart :* étoffe de plusieurs couleurs et enrichie de figures d'or ou d'argent. \ **4.** *Jaquettes :* habit qui descend jusqu'aux genoux.

Je sors. Dans un instant un homme ici viendra.
– Par une entrée à lui. – Dans la maison, peut-être,
Vous le verrez agir comme s'il était maître.
Laissez-le faire. Et si d'autres viennent…

Après avoir hésité un moment.

Ma foi,

Vous laisserez entrer !

Il congédie du geste les Noirs, qui s'inclinent en signe d'obéissance et qui sortent.

Allons !

Il sort.

Au moment où la porte se referme sur Ruy Blas, on entend un grand bruit dans la cheminée, par laquelle on voit tomber tout à coup un homme, enveloppé d'un manteau déguenillé, qui se précipite dans la chambre. C'est don César.

Scène 2

DON CÉSAR

Effaré, essoufflé, décoiffé, étourdi, avec une expression joyeuse et inquiète en même temps.

Tant pis ! c'est moi !

Il se relève en se frottant la jambe sur laquelle il est tombé, et s'avance dans la chambre avec force révérences et chapeau bas.

Pardon ! ne faites pas attention, je passe.
Vous parliez entre vous. Continuez, de grâce.
J'entre un peu brusquement, messieurs, j'en suis fâché !

Il s'arrête au milieu de la chambre et s'aperçoit qu'il est seul.

– Personne ! – Sur le toit tout à l'heure perché,
J'ai cru pourtant ouïr un bruit de voix. – Personne !

S'asseyant dans un fauteuil.

Fort bien. Recueillons-nous. La solitude est bonne.
– Ouf ! que d'événements ! – J'en suis émerveillé[1]
Comme l'eau qu'il secoue aveugle un chien mouillé.
Primo, ces alguazils qui m'ont pris dans leurs serres ;
Puis cet embarquement absurde ; ces corsaires ;
Et cette grosse ville où l'on m'a tant battu ;
Et les tentations faites sur ma vertu
Par cette femme jaune ; et mon départ du bagne ;
Mes voyages ; enfin, mon retour en Espagne !
Puis, quel roman ! le jour où j'arrive, c'est fort,
Ces mêmes alguazils rencontrés tout d'abord !
Leur poursuite enragée et ma fuite éperdue ;
Je saute un mur ; j'avise une maison perdue
Dans les arbres, j'y cours ; personne ne me voit ;
Je grimpe allègrement du hangar sur le toit ;
Enfin, je m'introduis dans le sein des familles
Par une cheminée où je me mets en guenilles
Mon manteau le plus neuf qui sur mes chausses pend !...
– Pardieu ! monsieur Salluste est un grand sacripant[2] !

Se regardant dans une petite glace de Venise posée sur le grand coffre à tiroirs sculptés.

– Mon pourpoint m'a suivi dans mes malheurs. Il lutte.

Il ôte son manteau et mire dans la glace son pourpoint de satin rose usé, déchiré et rapiécé ; puis il porte vivement la main à sa jambe avec un coup d'œil vers la cheminée.

Mais ma jambe a souffert diablement dans ma chute !

Il ouvre les tiroirs du coffre. Dans l'un d'entre eux, il trouve un manteau de velours vert clair, brodé d'or, le manteau donné par don Salluste à Ruy Blas. Il examine le manteau et le compare au sien.

– Ce manteau me paraît plus décent que le mien.

Il jette le manteau vert sur ses épaules et met le sien à la place dans le

1. *Émerveillé :* très étonné. \ 2. *Sacripant :* vaurien.

coffre, après l'avoir soigneusement plié; il y ajoute son chapeau qu'il enfonce sous le manteau d'un coup de poing; puis il referme le tiroir. Il se promène fièrement, drapé dans le beau manteau brodé d'or.

C'est égal, me voilà revenu. Tout va bien.
Ah ! mon très cher cousin, vous voulez que j'émigre
Dans cette Afrique où l'homme est la souris du tigre !
Mais je vais me venger de vous, cousin damné,
Épouvantablement, quand j'aurai déjeuné.
J'irai, sous mon vrai nom, chez vous, traînant ma queue [1]
D'affreux vauriens sentant le gibet d'une lieue,
Et je vous livrerai vivant aux appétits
De tous mes créanciers – suivis de leurs petits.

Il aperçoit dans un coin une magnifique paire de bottines à canons [2] *de dentelles. Il jette lestement ses vieux souliers, et chausse sans façon les bottines neuves.*

Voyons d'abord où m'ont jeté ses perfidies.

Après avoir examiné la chambre de tous les côtés.

Maison mystérieuse et propre aux tragédies.
Portes closes, volets barrés, un vrai cachot.
Dans ce charmant logis on entre par en haut,
Juste comme le vin entre dans les bouteilles.

Avec un soupir.

– C'est bien bon, du bon vin ! –

Il aperçoit la petite porte à droite, l'ouvre, s'introduit vivement dans le cabinet avec lequel elle communique, puis rentre avec des gestes d'étonnement.

Merveille des merveilles !
Cabinet sans issue où tout est clos aussi !

Il va à la porte du fond, l'entr'ouvre, et regarde au dehors; puis il la laisse retomber et revient sur le devant.

---

1. *Traînant ma queue :* avec une suite. \ **2.** *Canons :* ornements de tissu froncé et embelli de rubans.

Personne ! – Où diable suis-je ? – Au fait j'ai réussi
À fuir les alguazils. Que m'importe le reste ?
Vais-je pas m'effarer et prendre un air funeste
Pour n'avoir jamais vu de maison faite ainsi ?
Il se rassied sur le fauteuil, bâille, puis se relève presque aussitôt.
Ah ça, mais – je m'ennuie horriblement ici !
Avisant une petite armoire dans le mur, à gauche, qui fait le coin en pan coupé.
Voyons, ceci m'a l'air d'une bibliothèque.
Il y va et l'ouvre. C'est un garde-manger bien garni.
Justement. – Un pâté, du vin, une pastèque.
C'est un en-cas[1] complet. Six flacons bien rangés !
Diable ! Sur ce logis j'avais des préjugés.
Examinant les flacons l'un après l'autre.
C'est d'un bon choix. – Allons ! l'armoire est honorable.
Il va chercher dans un coin la petite table ronde, l'apporte sur le devant et la charge joyeusement de tout ce que contient le garde-manger, bouteilles, plats, etc. ; il ajoute un verre, une assiette, une fourchette, etc. – puis il prend une des bouteilles.
Lisons d'abord ceci.
Il emplit le verre, et boit d'un trait.
C'est une œuvre admirable
De ce fameux poète appelé le soleil !
Xérès-des-Chevaliers[2] n'a rien de plus vermeil.
Il s'assied, se verse un second verre et boit.
Quel livre vaut cela ? Trouvez-moi quelque chose
De plus spiritueux[3] !
Il boit.
Ah ! Dieu, cela repose !
Mangeons.
Il entame le pâté.

1. *En-cas :* casse-croûte. \ 2. *Xérès-des-Chevaliers :* le xérès est un vin réputé. \ 3. *Spiritueux :* alcoolisé. Jeu sur « spirituel », qui file la métaphore du vin comme livre.

Chiens d'alguazils ! je les ai déroutés.
Ils ont perdu ma trace.
Il mange.
Oh ! le roi des pâtés !
Quant au maître du lieu, s'il survient… –
Il va au buffet et en rapporte un verre et un couvert qu'il pose sur la table.
Je l'invite.
– Pourvu qu'il n'aille pas me chasser ! Mangeons vite.
Il met les morceaux doubles [1].
Mon dîner fait, j'irai visiter la maison.
Mais qui peut l'habiter ? Peut-être un bon garçon.
Ceci peut ne cacher qu'une intrigue de femme.
Bah ! quel mal fais-je ici ? Qu'est-ce que je réclame ?
Rien, – l'hospitalité de ce digne mortel,
À la manière antique,
Il s'agenouille à demi et entoure la table de ses bras.
En embrassant l'autel [2].
Il boit.
D'abord, ceci n'est point le vin d'un méchant homme.
Et puis, c'est convenu, si l'on vient, je me nomme.
Ah ! vous endiablerez [3], mon vieux cousin maudit !
Quoi, ce bohémien ? ce galeux ? ce bandit ?
Ce Zafari ? ce gueux ? ce va-nu-pieds ?… – Tout juste !
Don César de Bazan, cousin de don Salluste !
Oh ! la bonne surprise ! et dans Madrid quel bruit !
Quand est-il revenu ? ce matin ? cette nuit ?
Quel tumulte partout en voyant cette bombe,
Ce grand nom oublié qui tout à coup retombe !
Don César de Bazan ! oui, messieurs, s'il vous plaît.

1. *Les morceaux doubles :* les bouchées doubles. \ **2.** *L'autel :* l'autel des dieux grecs du foyer, auxquels l'étranger demandait l'hospitalité. La signification du geste est ici humoristiquement détournée par le jeu avec la table. \ **3.** *Vous endiablerez :* vous vous donnerez au diable.

Personne n'y pensait, personne n'en parlait.
Il n'était donc pas mort ? Il vit, messieurs, mesdames !
Les hommes diront : Diable ! – Oui dà ! diront les femmes.
Doux bruit qui vous reçoit rentrant dans vos foyers,
Mêlé de l'aboiement de trois cents créanciers !
Quel beau rôle à jouer ! – Hélas ! l'argent me manque.
Bruit à la porte.
On vient ! – Sans doute on va comme un vil saltimbanque
M'expulser. – C'est égal, ne fais rien à demi,
César !

Il s'enveloppe de son manteau jusqu'aux yeux. La porte du fond s'ouvre. Entre un laquais en livrée portant sur son dos une grosse sacoche.

Scène 3

Don César, un laquais

Don César, *toisant le laquais de la tête aux pieds.*
Qui venez-vous chercher céans [1] l'ami ?
À part.
Il faut beaucoup d'aplomb, le péril est extrême.

Le laquais

Don César de Bazan.

Don César, *dégageant son visage du manteau.*
Don César ! C'est moi-même !
À part.
Voilà du merveilleux !

1. *Céans :* ici.

LE LAQUAIS

Vous êtes le seigneur
Don César de Bazan ?

DON CÉSAR

Pardieu ! J'ai cet honneur.
César ! le vrai César ! le seul César ! le comte
De Garo…

LE LAQUAIS, *posant sur le fauteuil la sacoche.*

Daignez voir si c'est là votre compte.

DON CÉSAR, *comme ébloui.*

À part.
De l'argent ! c'est trop fort !
Haut.
Mon cher…

LE LAQUAIS

Daignez compter.
C'est la somme que j'ai l'ordre de vous porter.

DON CÉSAR, *gravement.*

Ah ! fort bien ! je comprends.
À part.
Je veux bien que le diable… –
Ça, ne dérangeons pas cette histoire admirable.
Ceci vient fort à point.
Haut.
Vous faut-il des reçus ?

LE LAQUAIS

Non, monseigneur.

Don César, *lui montrant la table.*

Mettez cet argent là-dessus.

Le laquais obéit.

De quelle part ?

Le laquais

Monsieur le sait bien.

Don César

Sans nul doute.

Mais…

Le laquais

Cet argent, – voilà ce qu'il faut que j'ajoute, –
Vient de qui vous savez pour ce que vous savez.

Don César, *satisfait de l'explication.*

Ah !

Le laquais

Nous devons, tous deux, être fort réservés.
Chut !

Don César

Chut ! ! ! – Cet argent vient… – La phrase est magnifique !
Redites-la-moi donc.

Le laquais

Cet argent…

Don César

Tout s'explique !

Me vient de qui je sais…

Le laquais

Pour ce que vous savez.

Nous devons…

Don César

Tous les deux !!!

Le laquais

Être fort réservés.

Don César

C'est parfaitement clair.

Le laquais

Moi, j'obéis. Du reste

Je ne comprends pas.

Don César

Bah !

Le laquais

Mais vous comprenez !

Don César

Peste !

Le laquais

Il suffit.

Don César

Je comprends et je prends, mon très cher.

De l'argent qu'on reçoit, d'abord, c'est toujours clair.

Le laquais

Chut !

Don César

Chut ! ! ! ne faisons pas d'indiscrétion. Diantre !

Le laquais

Comptez, seigneur !

Don César

Pour qui me prends-tu ?

Admirant la rondeur du sac posé sur la table.

Le beau ventre !

Le laquais, *insistant.*

Mais…

Don César

Je me fie à toi.

Le laquais

L'or est en souverains [1].
Bons quadruples [2] pesant sept gros trente-six grains [3],
Ou bons doublons [4] au marc. L'argent, en croix-maries [5].

Don César ouvre la sacoche et en tire plusieurs sacs pleins d'or et d'argent qu'il ouvre et vide sur la table avec admiration ; puis il se met à puiser à pleines poignées dans les sacs d'or, et remplit ses poches de quadruples et de doublons.

Don César, *s'interrompant, avec majesté.*

À part.

Voici que mon roman, couronnant ses féeries,
Meurt amoureusement sur un gros million.

Il se remet à remplir ses poches.

Ô délices ! je mords à même un galion !

---

1. *Souverains :* pièces d'or anglaises valant huit écus. \ **2.** *Quadruples :* pièces françaises valant quatre écus. \ **3.** *Sept gros trente-six grains :* le gros et le grain sont des unités de poids. \ **4.** *Doublons :* pièces espagnoles valant deux écus. \ **5.** *Croix-maries :* monnaie d'argent.

Une poche pleine, il passe à l'autre. Il se cherche des poches partout et semble avoir oublié le laquais.

LE LAQUAIS, *qui le regarde avec impassibilité.*
Et maintenant, j'attends vos ordres.

DON CÉSAR, *se retournant.*
Pour quoi faire ?

LE LAQUAIS
Afin d'exécuter, vite et sans qu'on diffère,
Ce que je ne sais pas et ce que vous savez.
De très grands intérêts…

DON CÉSAR, *l'interrompant d'un air d'intelligence.*
Oui, publics et privés !!!

LE LAQUAIS
Veulent que tout cela se fasse à l'instant même.
Je dis ce qu'on m'a dit de dire.

DON CÉSAR, *lui frappant sur l'épaule.*
Et je t'en aime,
Fidèle serviteur !

LE LAQUAIS
Pour ne rien retarder,
Mon maître à vous me donne afin de vous aider.

DON CÉSAR
C'est agir congrûment[1]. Faisons ce qu'il désire.
À part.
Je veux être pendu si je sais que lui dire.
Haut.

1. *Congrûment* : de façon appropriée.

Approche, galion, et d'abord –
Il remplit de vin l'autre verre.
Bois-moi ça !

LE LAQUAIS

Quoi, seigneur ?

DON CÉSAR

Bois-moi ça !
Le laquais boit. Don César lui remplit son verre.
Du vin d'Oropesa !
Il fait asseoir le laquais, le fait boire, et lui verse de nouveau du vin.
Causons.
À part.
Il a déjà la prunelle allumée.
Haut et s'étendant sur sa chaise.
L'homme, mon cher ami, n'est que de la fumée,
Noire, et qui sort du feu des passions. Voilà.
Il lui verse à boire.
C'est bête comme tout ce que je te dis là.
Et d'abord la fumée, au ciel bleu ramenée,
Se comporte autrement dans une cheminée.
Elle monte gaîment, et nous dégringolons.
Il se frotte la jambe.
L'homme n'est qu'un plomb vil.
Il remplit les deux verres.
Buvons. Tous tes doublons
Ne valent pas le chant d'un ivrogne qui passe.
Se rapprochant d'un air mystérieux.
Vois-tu, soyons prudents. Trop chargé, l'essieu [1] casse.

1. *Essieu :* pièce de bois dont les bouts entrent dans les moyeux des roues.

Le mur sans fondement s'écroule subito[1].
Mon cher, raccroche-moi le col de mon manteau.

LE LAQUAIS, *fièrement.*

Seigneur, je ne suis pas valet de chambre.
Avant que don César ait pu l'en empêcher, il secoue la sonnette posée sur la table.

DON CÉSAR, *à part, effrayé.*

Il sonne !
Le maître va peut-être arriver en personne.
Je suis pris !
Entre un des Noirs. Don César, en proie à la plus vive anxiété, se retourne du côté opposé, comme ne sachant que devenir.

LE LAQUAIS, *au nègre.*

Remettez l'agrafe à monseigneur.
Le nègre s'approche gravement de don César, qui le regarde faire d'un air stupéfait ; puis il rattache l'agrafe du manteau, salue et sort, laissant don César pétrifié.

DON CÉSAR, *se levant de table.*

À part.
Je suis chez Belzébuth[2], ma parole d'honneur !
Il vient sur le devant et se promène à grands pas.
Ma foi, laissons-nous faire, et prenons ce qui s'offre.
Donc je vais remuer les écus à plein coffre.
J'ai de l'argent ! que vais-je en faire ?
Se retournant vers le laquais attablé, qui continue à boire et qui commence à chanceler sur sa chaise.
Attends, pardon !
Rêvant, à part.

1. *Subito :* tout de suite, en italien. \ 2. *Belzébuth :* un des noms du diable à visage noir.

Voyons, – si je payais mes créanciers ? – fi donc !
– Du moins, pour les calmer, âmes à s'aigrir promptes,
Si je les arrosais avec quelques acomptes ?
– À quoi bon arroser ces vilaines fleurs-là ?
Où diable mon esprit va-t-il chercher cela ?
Rien n'est tel que l'argent pour vous corrompre un homme,
Et, fût-il descendant d'Annibal qui prit Rome[1],
L'emplir jusqu'au goulot de sentiments bourgeois !
Que dirait-on ? me voir payer ce que je dois !
Ah !

Le laquais, *vidant son verre.*

Que m'ordonnez-vous ?

Don César

Laisse-moi, je médite.

Bois en m'attendant.

Le laquais se remet à boire. Lui continue de rêver, et tout à coup se frappe le front comme ayant trouvé une idée.

Oui !

Au laquais.

Lève-toi tout de suite.

Voici ce qu'il faut faire. Emplis tes poches d'or.

Le laquais se lève en trébuchant, et emplit d'or les poches de son justaucorps. Don César l'y aide, tout en continuant.

Dans la ruelle, au bout de la Place-Mayor,
Entre au numéro neuf. Une maison étroite.
Beau logis, si ce n'est que la fenêtre à droite
A sur le cristallin[2] une taie[3] en papier.

---

1. *Annibal qui prit Rome :* Hannibal, malgré ses nombreuses victoires contre les Romains, ne prit jamais Rome. Erreur destinée à suggérer l'ivresse de don César ? \ **2.** *Cristallin :* milieu transparent de l'œil. \ **3.** *Taie :* paupière ; file la métaphore de la fenêtre comme œil.

LE LAQUAIS

Maison borgne ?

DON CÉSAR

Non, louche. On peut s'estropier
En montant l'escalier. Prends-y garde.

LE LAQUAIS

Une échelle ?

DON CÉSAR

À peu près. C'est plus roide. – En haut loge une belle
Facile à reconnaître, un bonnet de six sous
Avec de gros cheveux ébouriffés dessous,
Un peu courte, un peu rousse… – une femme charmante !
Sois très respectueux, mon cher, c'est mon amante.
Lucinda, qui jadis, blonde à l'œil indigo,
Chez le pape, le soir, dansait le fandango[1].
Compte-lui cent ducats en mon nom. – Dans un bouge
À côté, tu verras un gros diable au nez rouge,
Coiffé jusqu'aux sourcils d'un vieux feutre[2] fané
Où pend tragiquement un plumeau consterné,
La rapière[3] à l'échine et la loque à l'épaule.
– Donne de notre part six piastres à ce drôle. –
Plus loin, tu trouveras un trou noir comme un four,
Un cabaret qui chante au coin d'un carrefour.
Sur le seuil boit et fume un vivant qui le hante.
C'est un homme fort doux et de vie élégante,
Un seigneur dont jamais un juron ne tomba,
Et mon ami de cœur, nommé Goulatromba.
– Trente écus ! – Et dis-lui, pour toutes patenôtres[4],

1. *Fandango :* danse d'origine andalouse. \ 2. *Feutre :* chapeau de feutre. \ 3. *Rapière :* épée. \ 4. *Patenôtres :* prières.

Qu'il les boive bien vite et qu'il en aura d'autres.
Donne à tous ces faquins[1] ton argent le plus rond[2],
Et ne t'ébahis pas des yeux qu'ils ouvriront.

LE LAQUAIS

Après ?

DON CÉSAR

Garde le reste. Et pour dernier chapitre…

LE LAQUAIS

Qu'ordonne monseigneur ?

DON CÉSAR

Va te soûler, bélître[3] !
Casse beaucoup de pots et fais beaucoup de bruit,
Et ne rentre chez toi que demain – dans la nuit.

LE LAQUAIS

Suffit, mon prince.

Il se dirige vers la porte en faisant des zigzags.

DON CÉSAR, *le regardant marcher.*

À part.

Il est effroyablement ivre !

Le rappelant. L'autre se rapproche.

Ah !… – Quand tu sortiras, les oisifs vont te suivre.
Fais par ta contenance honneur à la boisson.
Sache te comporter d'une noble façon.
S'il tombe par hasard des écus de tes chausses,
Laisse tomber, – et si des essayeurs de sauces[4],
Des clercs, des écoliers, des gueux qu'on voit passer,

1. *Faquins :* hommes méprisables. \ **2.** *Ton argent le plus rond :* tes pièces les plus neuves. \ **3.** *Bélître :* mendiant, gueux. \ **4.** *Essayeurs de sauces :* gâte-sauce, mauvais cuisiniers.

Les ramassent, – mon cher, laisse-les ramasser.
Ne sois pas un mortel de trop farouche approche.
Si même ils en prenaient quelques-uns dans ta poche,
Sois indulgent. Ce sont des hommes comme nous.
Et puis il faut, vois-tu, c'est une loi pour tous,
Dans ce monde, rempli de sombres aventures,
Donner parfois un peu de joie aux créatures.

Avec mélancolie.

Tous ces gens-là seront peut-être un jour pendus !
Ayons donc les égards pour eux qui leur sont dus !
– Va-t'en.

Le laquais sort. Resté seul, don César se rassied, s'accoude sur la table, et paraît plongé dans de profondes réflexions.

C'est le devoir du chrétien et du sage,
Quand il a de l'argent, d'en faire un bon usage.
J'ai de quoi vivre au moins huit jours ! je les vivrai.
Et, s'il me reste un peu d'argent, je l'emploierai
À des fondations pieuses. Mais je n'ose
M'y fier, car on va me reprendre la chose.
C'est méprise sans doute, et ce mal-adressé [1]
Aura mal entendu, j'aurai mal prononcé…

La porte du fond se rouvre. Entre une duègne, vieille, cheveux gris, basquine [2] et mantille [3] noires, éventail.

1. *Mal-adressé :* le laquais, qui s'est trompé de personne en remettant l'argent à don César. \ 2. *Basquine :* sorte de jupe riche et élégante que portent les femmes espagnoles. \ 3. *Mantille :* longue et large écharpe de soie qui sert à se couvrir la tête et les épaules.

Scène 4

Don César, une duègne

La duègne, *sur le seuil de la porte.*

Don César de Bazan ?

Don César, absorbé dans ses méditations, relève brusquement la tête.

Don César

Pour le coup !

À part.

Oh ! femelle !

Pendant que la duègne accomplit une profonde révérence au fond, il vient stupéfait sur le devant.

Mais il faut que le diable ou Salluste s'en mêle ?
Gageons que je vais voir arriver mon cousin.
Une duègne !

Haut.

C'est moi, don César. – Quel dessein ?…

À part.

D'ordinaire une vieille en annonce une jeune.

La duègne *(révérence avec un signe de croix).*

Seigneur, je vous salue, aujourd'hui jour de jeûne,
En Jésus Dieu le fils sur qui rien ne prévaut.

Don César, *à part.*

À galant dénouement commencement dévot.

Haut.

Ainsi soit-il ! Bonjour.

La duègne

Dieu vous maintienne en joie !

Mystérieusement.

Avez-vous à quelqu'un qui jusqu'à vous m'envoie,
Donné pour cette nuit un rendez-vous secret ?

DON CÉSAR

Mais j'en suis fort capable.

LA DUÈGNE

Elle tire de son garde-infante[1] *un billet plié et le lui présente, mais sans le lui laisser prendre.*

Ainsi, mon beau discret,
C'est bien vous qui venez, et pour cette nuit même,
D'adresser ce message à quelqu'un qui vous aime,
Et que vous savez bien ?

DON CÉSAR

Ce doit être moi.

LA DUÈGNE

Bon.
La dame, mariée à quelque vieux barbon[2],
À des ménagements sans doute est obligée,
Et de me renseigner céans on m'a chargée.
Je ne la connais pas, mais vous la connaissez.
La soubrette[3] m'a dit les choses. C'est assez,
Sans les noms.

DON CÉSAR

Hors le mien.

LA DUÈGNE

C'est tout simple. Une dame
Reçoit un rendez-vous de l'ami de son âme,

1. *Garde-infante :* ceinture d'une jupe. \ 2. *Barbon :* vieillard de comédie. \ 3. *Soubrette :* servante de comédie.

Mais on craint de tomber dans quelque piège; mais
Trop de précautions ne gâtent rien jamais.
Bref, ici l'on m'envoie avoir de votre bouche
La confirmation…

DON CÉSAR

Oh! la vieille farouche!
Vrai Dieu! quelle broussaille autour d'un billet doux!
Oui, c'est moi, moi, te dis-je!

LA DUÈGNE

Elle pose sur la table le billet plié, que don César examine avec curiosité.

En ce cas, si c'est vous,
Vous écrirez: *Venez*, au dos de cette lettre.
Mais pas de votre main, pour ne rien compromettre.

DON CÉSAR

Peste! au fait! de ma main!
À part.
Message bien rempli!

Il tend la main pour prendre la lettre, mais elle est recachetée, et la duègne ne la lui laisse pas toucher.

LA DUÈGNE

N'ouvrez pas. Vous devez reconnaître le pli.

DON CÉSAR

Pardieu!
À part.
Moi qui brûlais de voir!… jouons mon rôle!

Il agite la sonnette. Entre un des Noirs.

Tu sais écrire?…

Le Noir fait un signe de tête affirmatif. Étonnement de don César. À part.

Un signe !

Haut.

Es-tu muet, mon drôle ?

Le Noir fait un nouveau signe d'affirmation. Nouvelle stupéfaction de don César.

À part.

Fort bien ! continuez ! des muets à présent !

Au muet, en lui montrant la lettre, que la vieille tient appliquée sur la table.

– Écris-moi là : *Venez.*

Le muet écrit. Don César fait signe à la duègne de reprendre la lettre, et au muet de sortir. Le muet sort.

À part.

Il est obéissant !

La duègne, *remettant le billet dans son garde-infante et se rapprochant de don César.*

Vous la verrez ce soir. Est-elle bien jolie ?

Don César

Charmante !

La duègne

La suivante est d'abord accomplie.
Elle m'a pris à part au milieu du sermon.
Mais belle ! un profil d'ange avec l'œil d'un démon.
Puis aux choses d'amour elle paraît savante.

Don César, *à part.*

Je me contenterais fort bien de la servante.

La duègne

Nous jugeons, car toujours le beau fait peur au laid,
La sultane à l'esclave et le maître au valet.
La vôtre est, à coup sûr, fort belle.

DON CÉSAR

Je m'en flatte !

LA DUÈGNE, *faisant une révérence pour se retirer.*

Je vous baise la main.

DON CÉSAR, *lui donnant une poignée de doublons.*

Je te graisse la patte.
Tiens, vieille !

LA DUÈGNE, *empochant.*

La jeunesse est gaie aujourd'hui !

DON CÉSAR, *la congédiant.*

Va.

LA DUÈGNE *(révérences).*

Si vous aviez besoin… J'ai nom dame Oliva,
Couvent San-Isidro. –

Elle sort. Puis la porte se rouvre, et l'on voit sa tête reparaître.

Toujours à droite assise
Au troisième pilier en entrant dans l'église.

Don César se retourne avec impatience. La porte retombe ; puis elle se rouvre encore, et la vieille reparaît.

Vous la verrez ce soir ! Monsieur, pensez à moi
Dans vos prières.

DON CÉSAR, *la chassant avec colère.*

Ah !

La duègne disparaît. La porte se referme.

DON CÉSAR, *seul.*

Je me résous, ma foi,
À ne plus m'étonner. J'habite dans la lune.
Me voici maintenant une bonne fortune ;

Et je vais contenter mon cœur après ma faim.
Rêvant.
Tout cela me paraît bien beau. – Gare la fin.
La porte du fond se rouvre. Paraît don Guritan avec deux longues épées nues sous le bras.

Scène 5

DON CÉSAR, DON GURITAN

DON GURITAN, *du fond.*

Don César de Bazan ?

DON CÉSAR

Il se retourne et aperçoit don Guritan et les deux épées.
Enfin ! à la bonne heure !
L'aventure était bonne, elle devient meilleure.
Bon dîner, de l'argent, un rendez-vous, – un duel !
Je redeviens César à l'état naturel !
Il aborde gaiement, avec force salutations empressées, don Guritan, qui fixe sur lui un œil inquiétant et s'avance d'un pas roide sur le devant.
C'est ici, cher seigneur. Veuillez prendre la peine
Il lui présente un fauteuil. Don Guritan reste debout.
D'entrer, de vous asseoir. – Comme chez vous, – sans gêne.
Enchanté de vous voir. Ça, causons un moment.
Que fait-on à Madrid ? Ah ! quel séjour charmant !
Moi, je ne sais plus rien ; je pense qu'on admire
Toujours Matalobos et toujours Lindamire.
Pour moi, je craindrais plus, comme péril urgent,
La voleuse de cœurs que le voleur d'argent.
Oh ! les femmes, monsieur ! Cette engeance endiablée

Me tient, et j'ai la tête à leur endroit fêlée.
Parlez, remettez-moi l'esprit en bon chemin.
Je ne suis plus vivant, je n'ai plus rien d'humain,
Je suis un être absurde, un mort qui se réveille,
Un bœuf, un hidalgo de la Castille-Vieille[1].
On m'a volé ma plume et j'ai perdu mes gants.
J'arrive des pays les plus extravagants.

Don Guritan

Vous arrivez, mon cher monsieur? Eh bien, j'arrive
Encor bien plus que vous!

Don César, *épanoui.*

De quelle illustre rive?

Don Guritan

De là-bas, dans le nord.

Don César

Et moi, de tout là-bas,
Dans le midi.

Don Guritan

Je suis furieux!

Don César

N'est-ce pas?
Moi, je suis enragé!

Don Guritan

J'ai fait douze cents lieues!

1. *Un hidalgo de la Castille-Vieille:* un être anachronique (l'hidalgo est un noble espagnol de souche chrétienne très ancienne), vivant loin de la capitale et mal informé de ce qui se passe dans son siècle.

Don César

Moi, deux mille ! J'ai vu des femmes jaunes, bleues,
Noires, vertes. J'ai vu des lieux du ciel bénis,
Alger, la ville heureuse, et l'aimable Tunis,
Où l'on voit, tant ces Turcs ont des façons accortes[1],
Force gens empalés accrochés sur les portes.

Don Guritan

On m'a joué, monsieur !

Don César

Et moi, l'on m'a vendu !

Don Guritan

L'on m'a presque exilé !

Don César

L'on m'a presque pendu !

Don Guritan

On m'envoie à Neubourg, d'une manière adroite,
Porter ces quatre mots écrits dans une boîte :
« Gardez le plus longtemps possible ce vieux fou. »

Don César, *éclatant de rire.*

Parfait ! Qui donc cela ?

Don Guritan

Mais je tordrai le cou
À César de Bazan !

Don César, *gravement.*

Ah !

1. *Façons accortes :* manières avisées et gracieuses (ironique, ici).

Don Guritan

Pour comble d'audace,
Tout à l'heure il m'envoie un laquais à sa place.
Pour l'excuser ! dit-il. Un dresseur de buffet[1] !
Je n'ai point voulu voir le valet. Je l'ai fait
Chez moi mettre en prison, et je viens chez le maître.
Ce César de Bazan ! cet impudent ! ce traître !
Voyons, que je le tue ! Où donc est-il ?

Don César, *toujours avec gravité.*

C'est moi.

Don Guritan

Vous ! – Raillez-vous, monsieur ?

Don César

Je suis don César.

Don Guritan

Quoi !
Encor !

Don César

Sans doute, encor !

Don Guritan

Mon cher, quittez ce rôle.
Vous m'ennuyez beaucoup si vous vous croyez drôle.

Don César

Vous, vous m'amusez fort, et vous m'avez tout l'air
D'un jaloux. Je vous plains énormément, mon cher.
Car le mal qui nous vient des vices qui sont nôtres
Est pire que le mal que nous font ceux des autres.

1. *Dresseur de buffet :* domestique chargé de mettre la table.

J'aimerais mieux encore, et je le dis à vous,
Être pauvre qu'avare et cocu que jaloux.
Vous êtes l'un et l'autre, au reste. Sur mon âme,
J'attends encor ce soir madame votre femme.

Don Guritan

Ma femme !

Don César

Oui, votre femme !

Don Guritan

Allons ! je ne suis pas
Marié.

Don César

Vous venez faire cet embarras !
Point marié ! Monsieur prend depuis un quart d'heure
L'air d'un mari qui hurle ou d'un tigre qui pleure,
Si bien que je lui donne, avec simplicité,
Un tas de bons conseils en cette qualité !
Mais si vous n'êtes pas marié, par Hercule,
De quel droit êtes-vous à ce point ridicule ?

Don Guritan

Savez-vous bien, monsieur, que vous m'exaspérez ?

Don César

Bah !

Don Guritan

Que c'est trop fort !

Don César

Vrai ?

DON GURITAN

Que vous me le paierez !

DON CÉSAR

Il examine d'un air goguenard les souliers de don Guritan, qui disparaissent sous des flots de rubans selon la nouvelle mode.

Jadis on se mettait des rubans sur la tête.
Aujourd'hui, je le vois, c'est une mode honnête,
On en met sur sa botte, on se coiffe les pieds.
C'est charmant !

DON GURITAN

Nous allons nous battre !

DON CÉSAR, *impassible.*

Vous croyez ?

DON GURITAN

Vous n'êtes pas César, la chose me regarde,
Mais je vais commencer par vous.

DON CÉSAR

Bon. Prenez garde
De finir par moi.

DON GURITAN

Il lui présente une des deux épées.

Fat ! sur-le-champ !

DON CÉSAR, *prenant l'épée.*

De ce pas.
Quand je tiens un bon duel, je ne le lâche pas !

DON GURITAN

Où ?

DON CÉSAR

Derrière le mur. Cette rue est déserte.

DON GURITAN, *essayant la pointe de l'épée sur le parquet.*

Pour César, je le tue ensuite !

DON CÉSAR

Vraiment ?

DON GURITAN

Certe !

Don César, faisant aussi ployer son épée.

Bah ! l'un de nous deux mort, je vous défie après
De tuer don César.

DON GURITAN

Sortons !

Ils sortent. On entend le bruit de leurs pas qui s'éloignent. Une petite porte masquée s'ouvre à droite dans le mur, et donne passage à don Salluste.

Scène 6

DON SALLUSTE, *vêtu d'un habit vert sombre presque noir.*

Il paraît soucieux et préoccupé. Il regarde et écoute avec inquiétude.

Aucuns apprêts !

Apercevant la table chargée de mets.

Que veut dire ceci ?

Écoutant le bruit des pas de César et de Guritan.

Quel est donc ce tapage ?

Il se promène rêveur.

Gudiel ce matin a vu sortir le page
Et l'a suivi. – Le page allait chez Guritan. –

Je ne vois pas Ruy Blas. – Et ce page… – Satan !
C'est quelque contre-mine[1] ! oui, quelque avis fidèle
Dont il aura chargé don Guritan pour elle !
– On ne peut rien savoir des muets ! – C'est cela !
Je n'avais pas prévu ce don Guritan-là !

Rentre don César. Il tient à la main l'épée nue, qu'il jette en entrant sur un fauteuil.

Scène 7

Don Salluste, don César

Don César, *du seuil de la porte.*

Ah ! j'en étais bien sûr ! vous voilà donc, vieux diable !

Don Salluste, *se retournant, pétrifié.*

Don César !

Don César, *croisant les bras avec un grand éclat de rire.*

Vous tramez quelque histoire effroyable !
Mais je dérange tout, pas vrai, dans ce moment ?
Je viens au beau milieu m'épater lourdement !

Don Salluste, *à part.*

Tout est perdu !

Don César, *riant.*

Depuis toute la matinée,
Je patauge à travers vos toiles d'araignée.
Aucun de vos projets ne doit être debout.
Je m'y vautre au hasard. Je vous démolis tout.
C'est très réjouissant.

1. *Contre-mine :* mine creusée pour atteindre et détruire une mine de l'ennemi.

DON SALLUSTE, *à part.*

Démon ! qu'a-t-il pu faire ?

DON CÉSAR, *riant de plus en plus fort.*

Votre homme au sac d'argent, – qui venait pour l'affaire !
– Pour ce que vous savez ! – qui vous savez ! –
Il rit.
Parfait !

DON SALLUSTE

Eh bien ?

DON CÉSAR

Je l'ai soûlé.

DON SALLUSTE

Mais l'argent qu'il avait ?

DON CÉSAR, *majestueusement.*

J'en ai fait des cadeaux à diverses personnes.
Dame ! on a des amis.

DON SALLUSTE

À tort tu me soupçonnes...
Je...

DON CÉSAR, *faisant sonner ses grègues*[1].

J'ai d'abord rempli mes poches, vous pensez.
Il se remet à rire.
Vous savez bien ? La dame !...

DON SALLUSTE

Oh !

1. *Grègues :* sorte de culotte large.

Don César, *qui remarque son anxiété.*

Que vous connaissez, –

Don Salluste écoute avec un redoublement d'angoisse. Don César poursuit en riant.

Qui m'envoie une duègne, affreuse compagnonne,
Dont la barbe fleurit et dont le nez trognonne…

Don Salluste

Pourquoi ?

Don César

Pour demander, par prudence et sans bruit,
Si c'est bien don César qui l'attend cette nuit ?….

Don Salluste

À part.

Ciel !

Haut.

Qu'as-tu répondu ?

Don César

J'ai dit que oui, mon maître !
Que je l'attendais !

Don Salluste, *à part.*

Tout n'est pas perdu peut-être !

Don César

Enfin, votre tueur, votre grand capitan,
Qui m'a dit sur le pré s'appeler – Guritan,

Mouvement de don Salluste.

Qui ce matin n'a pas voulu voir, l'homme sage,
Un laquais de César lui portant un message,
Et qui venait céans m'en demander raison…

DON SALLUSTE

Eh bien, qu'en as-tu fait ?

DON CÉSAR

J'ai tué cet oison [1].

DON SALLUSTE

Vrai ?

DON CÉSAR

Vrai. Là, sous le mur, à cette heure il expire.

DON SALLUSTE

Es-tu sûr qu'il soit mort ?

DON CÉSAR

J'en ai peur.

DON SALLUSTE, *à part.*

Je respire !
Allons ! bonté du ciel ! il n'a rien dérangé !
Au contraire. Pourtant donnons-lui son congé.
Débarrassons-nous-en ! Quel rude auxiliaire !
Pour l'argent, ce n'est rien.
Haut.
L'histoire est singulière.
Et vous n'avez pas vu d'autres personnes ?

DON CÉSAR

Non.
Mais j'en verrai. Je veux continuer. Mon nom,
Je compte en faire éclat tout à travers la ville.
Je vais faire un scandale affreux. Soyez tranquille.

1. *Oison :* petit de l'oie ; se dit familièrement d'un homme sans intelligence.

DON SALLUSTE

À part.

Diable !

Vivement et se rapprochant de don César.

Garde l'argent, mais quitte la maison !

DON CÉSAR

Oui ! Vous me feriez suivre ! On sait votre façon.
Puis je retournerais, aimable destinée,
Contempler ton azur, ô Méditerranée !
Point.

DON SALLUSTE

Crois-moi.

DON CÉSAR

Non. D'ailleurs, dans ce palais-prison,
Je sens quelqu'un en proie à votre trahison.
Toute intrigue de cour est une échelle double[1].
D'un côté, bras liés, morne et le regard trouble,
Monte le patient ; de l'autre, le bourreau.
– Or, vous êtes bourreau – nécessairement.

DON SALLUSTE

Oh !

DON CÉSAR

Moi, je tire l'échelle, et patatras !

DON SALLUSTE

Je jure…

1. *Échelle double :* échelle de potence.

DON CÉSAR

Je veux, pour tout gâter, rester dans l'aventure.
Je vous sais assez fort, cousin, assez subtil
Pour pendre deux ou trois pantins au même fil.
Tiens, j'en suis un ! Je reste !

DON SALLUSTE

Écoute…

DON CÉSAR

Rhétorique[1] !
Ah ! vous me faites vendre aux pirates d'Afrique !
Ah ! vous me fabriquez ici des faux César !
Ah ! vous compromettez mon nom !

DON SALLUSTE

Hasard !

DON CÉSAR

Hasard ?
Mets que font les fripons pour les sots qui le mangent.
Point de hasard ! Tant pis si vos plans se dérangent !
Mais je prétends sauver ceux qu'ici vous perdez.
Je vais crier mon nom sur les toits.
Il monte sur l'appui de la fenêtre et regarde au dehors.
Attendez !
Juste ! des alguazils passent sous la fenêtre.
Il passe son bras à travers les barreaux, et l'agite en criant.
Holà !

DON SALLUSTE, *effaré, sur le devant du théâtre.*

À part.
Tout est perdu s'il se fait reconnaître !

1. *Rhétorique :* vaines paroles, ici.

Entrent les alguazils précédés d'un alcade. Don Salluste paraît en proie à une vive perplexité. Don César va vers l'alcade d'un air de triomphe.

Scène 8

Les mêmes, un alcade, des alguazils

Don César, *à l'alcade.*

TEXTE 22

Vous allez consigner dans vos procès-verbaux…

Don Salluste, *montrant don César à l'alcade.*

Que voici le fameux voleur Matalobos !

Don César, *stupéfait.*

Comment !

Don Salluste, *à part.*

Je gagne tout en gagnant vingt-quatre heures.
À l'alcade.
Cet homme ose en plein jour entrer dans les demeures.
Saisissez ce voleur.
Les alguazils saisissent don César au collet.

Don César, *furieux, à don Salluste.*

Je suis votre valet [1],
Vous mentez hardiment !

L'alcade

Qui donc nous appelait ?

Don Salluste

C'est moi.

1. *Je suis votre valet :* sous-entendu, dans l'art de mentir.

DON CÉSAR

Pardieu ! c'est fort !

L'ALCADE

Paix ! je crois qu'il raisonne.

DON CÉSAR

Mais je suis don César de Bazan en personne !

DON SALLUSTE

Don César ? – Regardez son manteau, s'il vous plaît.
Vous trouverez SALLUSTE écrit sous le collet.
C'est un manteau qu'il vient de me voler.

Les alguazils arrachent le manteau, l'alcade l'examine.

L'ALCADE

C'est juste.

DON SALLUSTE

Et le pourpoint qu'il porte…

DON CÉSAR, *à part.*

Oh ! le damné Salluste !

DON SALLUSTE, *continuant.*

Il est au comte d'Albe, auquel il fut volé… –

Montrant un écusson brodé sur le parement de la manche gauche.

Dont voici le blason !

DON CÉSAR, *à part.*

Il est ensorcelé !

L'ALCADE, *examinant le blason.*

Oui, les deux châteaux d'or…

DON SALLUSTE

Et puis, les deux chaudières.
Enriquez et Gusman.

En se débattant, don César fait tomber quelques doublons de ses poches. Don Salluste montre à l'alcade la façon dont elles sont remplies.

Sont-ce là les manières
Dont les honnêtes gens portent l'argent qu'ils ont ?

L'ALCADE, *hochant la tête.*

Hum !

DON CÉSAR, *à part.*

Je suis pris !

Les alguazils le fouillent et lui prennent son argent.

UN ALGUAZIL, *fouillant.*

Voilà des papiers.

DON CÉSAR, *à part.*

Ils y sont !
Oh ! pauvres billets doux sauvés dans mes traverses[1] !

L'ALCADE, *examinant les papiers.*

Des lettres… qu'est cela ? – d'écritures diverses ?…

DON SALLUSTE, *lui faisant remarquer les suscriptions.*

Toutes au comte d'Albe !

L'ALCADE

Oui.

1. *Traverses :* pérégrinations, mésaventures.

Don César

Mais…

Les Alguazils, lui liant les mains.

Pris ! quel bonheur !

Un Alguazil, *entrant, à l'alcade.*

Un homme est là qu'on vient d'assassiner, seigneur.

L'alcade

Quel est l'assassin ?

Don Salluste, *montrant don César.*

Lui !

Don César, *à part.*

Ce duel ! quelle équipée !

Don Salluste

En entrant, il tenait à la main une épée.
La voilà.

L'alcade, *examinant l'épée.*

Du sang. – Bien.

À don César.

Allons, marche avec eux !

Don Salluste, *à don César que les alguazils emmènent.*

Bonsoir, Matalobos.

Don César, *faisant un pas vers lui et le regardant fixement.*

Vous êtes un fier gueux[1] !

---

1. *Un fier gueux :* un incroyable fripon.

Acte V

Le tigre et le lion

Même chambre. C'est la nuit. Une lampe est posée sur la table. Au lever du rideau, Ruy Blas est seul. Une sorte de longue robe noire cache ses vêtements.

Scène première

RUY BLAS, *seul.*

C'est fini. Rêve éteint ! Visions disparues !
Jusqu'au soir au hasard j'ai marché dans les rues.
J'espère en ce moment. Je suis calme. La nuit,
On pense mieux. La tête est moins pleine de bruit.
Rien de trop effrayant sur ces murailles noires ;
Les meubles sont rangés ; les clefs sont aux armoires ;
Les muets sont là-haut qui dorment. La maison
Est vraiment bien tranquille. Oh ! oui, pas de raison
D'alarme. Tout va bien. Mon page est très fidèle.
Don Guritan est sûr alors qu'il s'agit d'elle.
Ô mon dieu ! n'est-ce pas que je puis vous bénir,
Que vous avez laissé l'avis lui parvenir,
Que vous m'avez aidé, vous, Dieu bon, vous, Dieu juste,
À protéger cet ange, à déjouer Salluste,
Qu'elle n'a rien à craindre, hélas, rien à souffrir,

Et qu'elle est bien sauvée, – et que je puis mourir?
Il tire de sa poitrine une fiole qu'il pose sur la table.
Oui, meurs maintenant, lâche! et tombe dans l'abîme!
Meurs comme on doit mourir quand on expie un crime!
Meurs dans cette maison, vil, misérable et seul!
Il écarte sa robe noire, sous laquelle on entrevoit la livrée qu'il portait au premier acte.
– Meurs avec ta livrée enfin sous ton linceul!
– Dieu! si ce démon vient voir sa victime morte,
Il pousse un meuble de façon à barricader la porte secrète.
Qu'il n'entre pas du moins par cette horrible porte!
Il revient vers la table.
– Oh! le page a trouvé Guritan, c'est certain,
Il n'était pas encor huit heures du matin.
Il fixe son regard sur la fiole.
– Pour moi, j'ai prononcé mon arrêt, et j'apprête
Mon supplice, et je vais moi-même sur ma tête
Faire choir du tombeau le couvercle pesant.
J'ai du moins le plaisir de penser qu'à présent
Personne n'y peut rien. Ma chute est sans remède.
Tombant sur le fauteuil.
Elle m'aimait pourtant! – Que Dieu me soit en aide!
Je n'ai pas de courage!
Il pleure.
Oh! l'on aurait bien dû
Nous laisser en paix!
Il cache sa tête dans ses mains et pleure à sanglots.
Dieu!
Relevant la tête et comme égaré, regardant la fiole.
L'homme, qui m'a vendu
Ceci me demandait quel jour du mois nous sommes.
Je ne sais pas. J'ai mal dans la tête. Les hommes
Sont méchants. Vous mourez, personne ne s'émeut.

Je souffre ! – Elle m'aimait ! – Et dire qu'on ne peut
Jamais rien ressaisir d'une chose passée ! –
Je ne la verrai plus ! – Sa main que j'ai pressée,
Sa bouche qui toucha mon front... – Ange adoré !
Pauvre ange ! – Il faut mourir, mourir désespéré !
Sa robe où tous les plis contenaient de la grâce,
Son pied qui fait trembler mon âme quand il passe,
Son œil où s'enivraient mes yeux irrésolus,
Son sourire, sa voix... – Je ne la verrai plus !
Je ne l'entendrai plus ! – Enfin c'est donc possible ?
Jamais !

Il avance avec angoisse sa main vers la fiole ; au moment où il la saisit convulsivement, la porte du fond s'ouvre. La reine paraît, vêtue de blanc, avec une mante[1] *de couleur sombre, dont le capuchon, rejeté sur ses épaules, laisse voir sa tête pâle. Elle tient une lanterne sourde à la main, elle la pose à terre, et marche rapidement vers Ruy Blas.*

Scène 2

RUY BLAS, LA REINE

LA REINE, *entrant.*

Don César !

RUY BLAS, *se retournant avec un mouvement d'épouvante et fermant précipitamment la robe qui cache sa livrée.*

Dieu ! c'est elle ! – Au piège horrible
Elle est prise !
Haut.
Madame... !

1. *Mante :* manteau à capuchon et sans manches.

LA REINE

Eh bien ! quel cri d'effroi !

César…

RUY BLAS

Qui vous a dit de venir ici ?

LA REINE

Toi.

RUY BLAS

Moi ? – Comment ?

LA REINE

J'ai reçu de vous…

RUY BLAS, *haletant.*

Parlez donc vite !

LA REINE

Une lettre.

RUY BLAS

De moi !

LA REINE

De votre main écrite.

RUY BLAS

Mais c'est à se briser le front contre le mur !
Mais je n'ai pas écrit, pardieu, j'en suis bien sûr !

LA REINE, *tirant de sa poitrine un billet qu'elle lui présente.*

Lisez donc.

Ruy Blas prend la lettre avec emportement, se penche vers la lampe et lit.

RUY BLAS, *lisant.*

« Un danger terrible est sur ma tête.
« Ma reine seule peut conjurer la tempête...

Il regarde la lettre avec stupeur, comme ne pouvant aller plus loin.

LA REINE, *continuant, et lui montrant du doigt la ligne qu'elle lit.*

« En venant me trouver ce soir dans ma maison.
« Sinon, je suis perdu. »

RUY BLAS, *d'une voix éteinte.*

Ho ! quelle trahison !
Ce billet !

LA REINE, *continuant de lire.*

« Par la porte au bas de l'avenue,
« Vous entrerez la nuit sans être reconnue.
« Quelqu'un de dévoué vous ouvrira. »

RUY BLAS, *à part.*

J'avais
Oublié ce billet.

À la reine, d'une voix terrible.

Allez-vous-en !

LA REINE

Je vais
M'en aller, don César. Ô mon Dieu, que vous êtes
Méchant ! Qu'ai-je donc fait ?

RUY BLAS

Ô ciel ! ce que vous faites ?
Vous vous perdez !

LA REINE

Comment ?

RUY BLAS

Je ne puis l'expliquer.

Fuyez vite.

LA REINE

J'ai même, et pour ne rien manquer,
Eu le soin d'envoyer ce matin une duègne…

RUY BLAS

Dieu ! – mais, à chaque instant, comme d'un cœur qui saigne,
Je sens que votre vie à flots coule et s'en va.
Partez !

LA REINE, *comme frappée d'une idée subite.*

Le dévouement que mon amour rêva
M'inspire. Vous touchez à quelque instant funeste.
Vous voulez m'écarter de vos dangers ! – Je reste.

RUY BLAS

Ah ! Voilà, par exemple, une idée ! Ô mon Dieu !
Rester à pareille heure et dans un pareil lieu !

LA REINE

La lettre est bien de vous. Ainsi…

RUY BLAS, *levant les bras au ciel de désespoir.*

Bonté divine !

LA REINE

Vous voulez m'éloigner.

RUY BLAS, *lui prenant les mains.*

Comprenez !

LA REINE

Je devine.
Dans le premier moment vous m'écrivez, et puis…

RUY BLAS

Je ne t'ai pas écrit. Je suis un démon. Fuis !
Mais c'est toi, pauvre enfant, qui te prends dans un piège !
Mais c'est vrai ! mais l'enfer de tous côtés t'assiège !
Pour te persuader je ne trouve donc rien ?
Écoute, comprends donc, je t'aime, tu sais bien.
Pour sauver ton esprit de ce qu'il imagine,
Je voudrais arracher mon cœur de ma poitrine !
Oh ! je t'aime. Va-t'en !

LA REINE

Don César…

RUY BLAS

Oh ! va-t'en !
– Mais, j'y songe, on a dû t'ouvrir ?

LA REINE

Mais oui.

RUY BLAS

Satan !
Qui ?

LA REINE

Quelqu'un de masqué, caché par la muraille.

RUY BLAS

Masqué ! Qu'a dit cet homme ? est-il de haute taille ?
Cet homme, quel est-il ? Mais parle donc ! j'attends !
Un homme en noir et masqué paraît à la porte du fond.

L'HOMME MASQUÉ

C'est moi !

Il ôte son masque. C'est don Salluste. La reine et Ruy Blas le reconnaissent avec terreur.

Scène 3

LES MÊMES, DON SALLUSTE

RUY BLAS

Grand Dieu ! – Fuyez, madame !

DON SALLUSTE

Il n'est plus temps.
Madame de Neubourg n'est plus reine d'Espagne.

LA REINE, *avec horreur.*

Don Salluste !

DON SALLUSTE, *montrant Ruy Blas.*

À jamais vous êtes la compagne
De cet homme.

LA REINE

Grand Dieu ! c'est un piège, en effet !
Et don César…

RUY BLAS, *désespéré.*

Madame, hélas ! qu'avez-vous fait ?

DON SALLUSTE, *s'avançant à pas lents vers la reine.*

Je vous tiens. – Mais je vais parler, sans lui déplaire,
À votre majesté, car je suis sans colère.
Je vous trouve, – écoutez, ne faisons pas de bruit, –

Seule avec don César, dans sa chambre, à minuit.
Ce fait, – pour une reine, – étant public, en somme,
Suffit pour annuler le mariage à Rome.
Le saint-père[1] en serait informé promptement.
Mais on supplée au fait par le consentement.
Tout peut rester secret.

Il tire de sa poche un parchemin qu'il déroule et qu'il présente à la reine.

Signez-moi cette lettre
Au seigneur notre roi. Je la ferai remettre
Par le grand écuyer au notaire mayor[2].
Ensuite, – une voiture, où j'ai mis beaucoup d'or,

Désignant le dehors.

Est là. – Partez tous deux sur-le-champ. Je vous aide.
Sans être inquiétés, vous pourrez par Tolède
Et par Alcantara gagner le Portugal.
Allez où vous voudrez, cela nous est égal.
Nous fermerons les yeux. – Obéissez. Je jure
Que seul en ce moment je connais l'aventure ;
Mais si vous refusez, Madrid sait tout demain.
Ne nous emportons pas. Vous êtes dans ma main.

Montrant la table sur laquelle il y a une écritoire.

Voilà tout ce qu'il faut pour écrire, madame.

LA REINE, *atterrée, tombant sur le fauteuil.*

Je suis en son pouvoir !

DON SALLUSTE

De vous je ne réclame
Que ce consentement pour le porter au roi.

Bas à Ruy Blas, qui écoute tout, immobile et comme frappé de la foudre.

1. *Le saint-père :* le pape. \ 2. *Mayor :* en chef.

Laisse-moi faire, ami, je travaille pour toi.
À la reine.
Signez.

La reine, *tremblante, à part.*

Que faire ?

Don Salluste, *se penchant à son oreille et lui présentant une plume.*

Allons ! qu'est-ce qu'une couronne ?
Vous gagnez le bonheur si vous perdez le trône.
Tous mes gens sont restés dehors. On ne sait rien
De ceci. Tout se passe entre nous trois.
Essayant de lui mettre la plume entre les doigts sans qu'elle la repousse ni la prenne.
Eh bien ?
La reine, indécise et égarée, le regarde avec angoisse.
Si vous ne signez point, vous vous frappez vous-même.
Le scandale et le cloître !

La reine, *accablée.*

Ô Dieu !

Don Salluste, *montrant Ruy Blas.*

César vous aime.
Il est digne de vous. Il est, sur mon honneur,
De fort grande maison. Presque un prince. Un seigneur
Ayant donjon sur roche et fief dans la campagne [1].
Il est duc d'Olmedo, Bazan, et grand d'Espagne…
Il pousse sur le parchemin la main de la reine éperdue et tremblante, et qui semble prête à signer.

Ruy Blas, *comme se réveillant tout à coup.*

Je m'appelle Ruy Blas, et je suis un laquais !

1. *Donjon sur roche et fief dans la campagne :* château et terres.

Arrachant des mains de la reine la plume, et le parchemin qu'il déchire.
Ne signez pas, madame ! – Enfin ! – Je suffoquais !

La reine
Que dit-il ? Don César !

Ruy Blas, *laissant tomber sa robe et se montrant vêtu de la livrée ; sans épée.*
Je dis que je me nomme
Ruy Blas, et que je suis le valet de cet homme !
Se retournant vers don Salluste.
Je dis que c'est assez de trahison ainsi,
Et que je ne veux pas de mon bonheur ! – Merci !
– Ah ! vous avez eu beau me parler à l'oreille ! –
Je dis qu'il est bien temps qu'enfin je me réveille,
Quoique tout garrotté[1] dans vos complots hideux,
Et que je n'irai pas plus loin, et qu'à nous deux,
Monseigneur, nous faisons un assemblage infâme.
J'ai l'habit d'un laquais, et vous en avez l'âme !

Don Salluste, *à la reine, froidement.*
Cet homme est en effet mon valet.
À Ruy Blas avec autorité.
Plus un mot.

La reine, *laissant enfin échapper un cri de désespoir et se tordant les mains.*
Juste ciel !

Don Salluste, *poursuivant.*
Seulement il a parlé trop tôt.
Il croise les bras et se redresse, avec une voix tonnante.
Eh bien, oui ! maintenant disons tout. Il n'importe !

1. *Garrotté :* ficelé pour le supplice.

Ma vengeance est assez complète de la sorte.
À la reine.
Qu'en pensez-vous ? – Madrid va rire, sur ma foi !
Ah ! vous m'avez cassé ! je vous détrône, moi.
Ah ! vous m'avez banni ! je vous chasse, et m'en vante !
Ah ! vous m'avez pour femme offert votre suivante !
Il éclate de rire.
Moi, je vous ai donné mon laquais pour amant.
Vous pourrez l'épouser aussi ! certainement.
Le roi s'en va ! – Son cœur sera votre richesse,
Il rit.
Et vous l'aurez fait duc afin d'être duchesse !
Grinçant des dents.
Ah ! vous m'avez brisé, flétri, mis sous vos pieds,
Et vous dormiez en paix, folle que vous étiez !
Pendant qu'il a parlé, Ruy Blas est allé à la porte du fond et en a poussé le verrou, puis il s'est approché de lui sans qu'il s'en soit aperçu, par derrière, à pas lents. Au moment où don Salluste achève, fixant des yeux pleins de haine et de triomphe sur la reine anéantie, Ruy Blas saisit l'épée du marquis par la poignée et la tire vivement.

Ruy Blas, *terrible, l'épée de don Salluste à la main.*
Je crois que vous venez d'insulter votre reine !
Don Salluste se précipite vers la porte. Ruy Blas la lui barre.
– Oh ! n'allez point par là, ce n'en est pas la peine,
J'ai poussé le verrou depuis longtemps déjà. –
Marquis, jusqu'à ce jour Satan te protégea,
Mais, s'il veut t'arracher de mes mains, qu'il se montre !
– À mon tour ! – On écrase un serpent qu'on rencontre.
– Personne n'entrera, ni tes gens, ni l'enfer !
Je te tiens écumant sous mon talon de fer !
– Cet homme vous parlait insolemment, madame ?
Je vais vous expliquer. Cet homme n'a point d'âme,

C'est un monstre. En riant hier il m'étouffait.
Il m'a broyé le cœur à plaisir. Il m'a fait
Fermer une fenêtre, et j'étais au martyre !
Je priais ! je pleurais ! je ne peux pas vous dire.
Au marquis.
Vous contiez vos griefs dans ces derniers moments.
Je ne répondrai pas à vos raisonnements,
Et d'ailleurs – je n'ai pas compris. – Ah ! misérable !
Vous osez, – votre reine ! une femme adorable !
Vous osez l'outrager quand je suis là ! – Tenez,
Pour un homme d'esprit, vraiment, vous m'étonnez !
Et vous vous figurez que je vous verrai faire
Sans rien dire ! – Écoutez, quelle que soit sa sphère,
Monseigneur, lorsqu'un traître, un fourbe tortueux,
Commet de certains faits rares et monstrueux,
Noble ou manant, tout homme a droit, sur son passage,
De venir lui cracher sa sentence au visage,
Et de prendre une épée, une hache, un couteau !... –
Pardieu ! j'étais laquais ! quand je serais bourreau ?

LA REINE

Vous n'allez pas frapper cet homme ?

RUY BLAS

Je me blâme
D'accomplir devant vous ma fonction, madame,
Mais il faut étouffer cette affaire en ce lieu.
Il pousse don Salluste vers le cabinet.
– C'est dit, monsieur ! allez là-dedans prier Dieu !

DON SALLUSTE

C'est un assassinat !

RUY BLAS

Crois-tu ?

DON SALLUSTE, *désarmé, et jetant un regard plein de rage autour de lui.*

Sur ces murailles
Rien ! pas d'arme !
À Ruy Blas.
Une épée au moins !

RUY BLAS

Marquis ! tu railles !
Maître ! est-ce que je suis un gentilhomme, moi ?
Un duel ! fi donc ! je suis un de tes gens à toi,
Valetaille[1] de rouge et de galons vêtue,
Un maraud[2] qu'on châtie et qu'on fouette, – et qui tue !
Oui, je vais te tuer, monseigneur, vois-tu bien ?
Comme un infâme ! comme un lâche ! comme un chien !

LA REINE

Grâce pour lui !

RUY BLAS, *à la reine, saisissant le marquis.*

Madame, ici chacun se venge.
Le démon ne peut plus être sauvé par l'ange !

LA REINE, *à genoux.*

Grâce !

DON SALLUSTE, *appelant.*

Au meurtre ! au secours !

1. *Valetaille :* multitude de valets (péjoratif). \ 2. *Maraud :* vaurien.

Ruy Blas, *levant l'épée.*
As-tu bientôt fini ?

Don Salluste, *se jetant sur lui en criant.*
Je meurs assassiné ! Démon !

Ruy Blas, *le poussant dans le cabinet.*
Tu meurs puni !
Ils disparaissent dans le cabinet, dont la porte se referme sur eux.

La reine, *restée seule, tombant demi-morte sur le fauteuil.*
Ciel !
Un moment de silence. Rentre Ruy Blas, pâle, sans épée.

Scène 4

La reine, Ruy Blas

Ruy Blas fait quelques pas en chancelant vers la reine immobile et glacée, puis il tombe à deux genoux, l'œil fixé à terre, comme s'il n'osait lever les yeux jusqu'à elle.

Ruy Blas, *d'une voix grave et basse.*
Maintenant, madame, il faut que je vous dise.
– Je n'approcherai pas. – Je parle avec franchise.
Je ne suis point coupable autant que vous croyez.
Je sens, ma trahison, comme vous la voyez,
Doit vous paraître horrible… Oh ! ce n'est pas facile
À raconter. Pourtant je n'ai pas l'âme vile,
Je suis honnête au fond. – Cet amour m'a perdu. –
Je ne me défends pas, je sais bien, j'aurais dû
Trouver quelque moyen. La faute est consommée !
– C'est égal, voyez-vous, je vous ai bien aimée.

La reine

Monsieur…

Ruy Blas, *toujours à genoux.*

N'ayez pas peur. Je n'approcherai point.
À votre majesté je vais de point en point
Tout dire. Oh ! croyez-moi, je n'ai pas l'âme vile ! –
Aujourd'hui tout le jour j'ai couru par la ville
Comme un fou. Bien souvent même on m'a regardé.
Auprès de l'hôpital que vous avez fondé,
J'ai senti vaguement, à travers mon délire,
Une femme du peuple essuyer sans rien dire
Les gouttes de sueur qui tombaient de mon front [1].
Ayez pitié de moi, mon Dieu ! mon cœur se rompt !

La reine

Que voulez-vous ?

Ruy Blas, *joignant les mains.*

Que vous me pardonniez, madame !

La reine

Jamais.

Ruy Blas

Jamais !

Il se lève et marche lentement vers la table.

Bien sûr ?

La reine

Non. Jamais !

1. *Les gouttes de sueur qui tombaient de mon front :* allusion à la Passion du Christ et à Véronique essuyant le front de Jésus tandis qu'il monte au Calvaire.

RUY BLAS

Il prend la fiole posée sur la table, la porte à ses lèvres et la vide d'un trait.

Triste flamme,
Éteins-toi !

LA REINE, *se levant et courant à lui.*

Que fait-il ?

RUY BLAS, *posant la fiole.*

Rien. Mes maux sont finis.
Rien. Vous me maudissez, et moi je vous bénis.
Voilà tout.

LA REINE, *éperdue.*

Don César !

RUY BLAS

Quand je pense, pauvre ange,
Que vous m'avez aimé !

LA REINE

Quel est ce philtre[1] étrange ?
Qu'avez-vous fait ? Dis-moi ! réponds-moi ! parle-moi !
César ! je te pardonne et t'aime et je te croi !

RUY BLAS

Je m'appelle Ruy Blas.

LA REINE, *l'entourant de ses bras.*

Ruy Blas, je vous pardonne !
Mais qu'avez-vous fait là ? Parle, je te l'ordonne !
Ce n'est pas du poison, cette affreuse liqueur ?
Dis ?

1. *Philtre :* breuvage.

Ruy Blas

Si ! C'est du poison. Mais j'ai la joie au cœur.
Tenant la reine embrassée et levant les yeux au ciel.
Permettez, ô mon Dieu, justice souveraine,
Que ce pauvre laquais bénisse cette reine,
Car elle a consolé mon cœur crucifié,
Vivant, par son amour, mourant, par sa pitié !

La reine

Du poison ! Dieu ! c'est moi qui l'ai tué ! – Je t'aime !
Si j'avais pardonné ?…

Ruy Blas, *défaillant.*

J'aurais agi de même.
Sa voix s'éteint. La reine le soutient dans ses bras.
Je ne pouvais plus vivre. Adieu !
Montrant la porte.
Fuyez d'ici !
– Tout restera secret. – Je meurs.
Il tombe.

La reine, *se jetant sur son corps.*

Ruy Blas !

Ruy Blas, *qui allait mourir, se réveille à son nom prononcé par la reine.*

Merci !

DOSSIER

LIRE L'ŒUVRE

QUESTIONNAIRE DE LECTURE

LE TITRE

1. Comme d'autres pièces qui lui sont antérieures (*Iphigénie*, *Andromaque*, *Horace*, *Le Cid*) ou presque contemporaines (*Cromwell*, *Lucrèce Borgia*, *Lorenzaccio*), *Ruy Blas* a pour titre le nom d'un personnage. Quelle est cependant, sur ce point, l'originalité de la pièce ?

Pour répondre à la question
Vous pourrez par exemple vous demander en quoi l'ordre donné dès le lever du rideau par don Salluste à Ruy Blas est susceptible de provoquer l'étonnement du spectateur.

2. Le nom de Ruy Blas évoque simultanément deux personnages antithétiques : Ruy, diminutif de Rodrigue, renvoie à la noblesse et au registre héroïque (c'est le nom du Cid dans le chef-d'œuvre de Corneille) ; Blas, au contraire, à travers la figure de Gil Blas de Santillane, personnage de Lesage, se réfère à une veine beaucoup plus populaire, celle du récit picaresque. Comment la pièce exploite-t-elle cette contradiction inscrite dans le nom du personnage ?

L'INTRIGUE

3. Retrouvez les différentes étapes de l'exposition. À partir de quel moment peut-on considérer que les éléments principaux de l'intrigue sont en place ?

4. Il est toujours possible d'envisager l'intrigue d'une pièce ou d'un roman comme la quête par le héros d'un objet défini (par exemple le pouvoir, l'amour, la renommée ou encore la richesse, selon les cas). Certains personnages aident le héros dans sa quête : ce sont les adjuvants. D'autres dressent des obstacles sur son chemin : ce sont les opposants.
a. Quel est l'objet de la quête du héros dans *Ruy Blas* ? Quels personnages jouent le rôle d'adjuvants ? Quels personnages jouent le rôle d'opposants ?

b. Il arrive en outre que la frontière entre ces deux groupes ne soit pas toujours bien établie : certains personnages apparemment adjuvants sont en fait opposants, et inversement. Est-ce le cas dans *Ruy Blas* ? Pourquoi ?

5. Peut-on envisager l'intrigue comme la quête par don Salluste d'un objet défini ? Lequel ? Quels sont alors, parmi les autres protagonistes, les adjuvants et les opposants à la quête de don Salluste ?

6. Un coup de théâtre se produit à la fin de l'acte III. De quel événement s'agit-il ? En quoi renverse-t-il brutalement le cours de l'intrigue ?

LES PERSONNAGES

7. En quoi don Salluste se comporte-t-il, à plusieurs reprises, comme un véritable metteur en scène ? Citez au moins deux scènes où il démontre ses talents.

8. Les personnages vont souvent par deux dans *Ruy Blas*, soit qu'ils se ressemblent, soit au contraire qu'ils s'opposent. Quels sont les principaux couples de protagonistes, et quels rapports les membres de ces différents couples entretiennent-ils ?

9. Victor Hugo, dans la Préface de la pièce (p. 12, l. 165-173), identifie Ruy Blas au peuple : « Le peuple, qui a l'avenir et qui n'a pas le présent ; le peuple, orphelin, pauvre, intelligent et fort ; placé très bas, et aspirant très haut ; ayant sur le dos les marques de la servitude et dans le cœur les préméditations du génie [...]. Le peuple, ce serait Ruy Blas. » Comment interpréter, dans cette perspective, la trajectoire de Ruy Blas et son suicide final ?

10. Examinez, tout au long de la pièce, l'évolution de l'intrigue amoureuse entre la reine et Ruy Blas. Auquel des deux amants l'initiative revient-elle le plus souvent ? Quels éléments permettent de l'affirmer ?

11. Si l'on songe aux personnages de la reine, de Casilda, ou encore à la duègne de l'acte IV, quelle image la pièce, dans son ensemble, donne-t-elle des femmes ?

LES OBJETS

12. Le manteau de don Salluste et le pourpoint du comte d'Albe changent à plusieurs reprises de propriétaire. Reconstituez leur trajet du début à la fin de la pièce. En quoi ces deux vêtements contribuent-ils à faire ou à défaire l'identité des personnages qui les portent ?

13. Analysez les effets que tire Hugo du port de la livrée, de l'épée, ou encore du chapeau à la scène 5 de l'acte III. Quelle est la fonction symbolique de ces objets ?

LE DRAME ROMANTIQUE

14. La règle classique de l'unité de temps impose que l'action se déroule au plus en vingt-quatre heures.
Combien de temps s'écoule entre le premier et le deuxième acte ? Entre le deuxième et le troisième ? Citez les vers qui vous permettent de répondre. Comment la règle de l'unité de temps est-elle traitée dans *Ruy Blas* ?

15. La règle classique de l'unité de lieu interdit tout changement de lieu scénique au cours de la pièce.
Où se passe chacun des cinq actes ? Comment la règle de l'unité de lieu est-elle traitée dans *Ruy Blas* ?

16. Comparez, au sein de l'acte IV, les scènes 1 et 2. Que pouvez-vous dire du registre de chacune ? Justifiez votre point de vue en relevant les indices qui vous permettent de répondre (champs lexicaux, didascalies, ton des répliques, marques d'énonciation, etc.).
Pareille juxtaposition serait-elle envisageable dans une tragédie classique ? Dans une comédie classique ? Pourquoi ?

17. Benjamin Constant prône, dans ses *Réflexions sur la tragédie* (1829), l'avènement d'une nouvelle forme de tragique : « L'ordre social, l'action de la société sur l'individu [...] sont des ressorts tragiques qu'il ne faut que savoir manier. Ils sont tout à fait équivalents à la fatalité des anciens. » La pièce de Hugo met-elle en application ces principes ? En quoi est-ce « l'ordre social » qui produit la fatalité dans *Ruy Blas* ?

L'ŒUVRE DANS L'HISTOIRE

LE CONTEXTE HISTORIQUE

L'intrigue a pour cadre l'Espagne de la fin du XVIIe siècle, époque où l'ancienne puissance européenne entre dans une phase de déclin. Mais, par un subtil jeu de télescopages, nombre d'éléments de l'action et du décor renvoient simultanément à la France de 1838. La pièce de Hugo peut donc se lire à la fois comme un drame historique et comme une satire de son temps.

LE TEMPS DE L'HISTOIRE : LA FIN DE L'ESPAGNE DES HABSBOURG

Le déclin d'une grande puissance

Une indication figurant en bas de la liste des personnages situe l'intrigue en « 169… », quelques années seulement avant la fin de la dynastie des Habsbourg. Ce choix ne doit rien au hasard : Hugo a voulu montrer une puissance en plein déclin.

Le XVIe siècle a été, grâce aux conquêtes de Charles Quint (1519-1556), à l'unification du royaume et à l'expansion du commerce avec les Indes, le « siècle d'or » de la monarchie des Habsbourg. L'Espagne, forte des quantités considérables d'or et d'argent fournies par son vaste empire colonial, est devenue la principale puissance européenne et a pris la tête de la lutte contre la diffusion du protestantisme. Après le règne de Philippe II (1556-1598), marqué par la conquête de la couronne du Portugal et le choix de Madrid pour capitale, cette prospérité s'est prolongée durant toute la première moitié du XVIIe siècle, sous les règnes successifs de Philippe III (1598-1621) et de Philippe IV (1621-1665).

Mais les souverains d'Espagne vont peu à peu se heurter à des résistances diverses : velléités indépendantistes de la Catalogne et du Portugal, ambitions grandissantes de la France alliée à l'Angleterre. Dès 1643, les troupes espagnoles sont vaincues à Rocroi par Condé et dans le Roussillon, que l'Espagne cède à la France en 1659. Les défaites de plus en plus nombreuses vont de pair avec un déclin commercial et démographique qui plonge peu à peu le pays dans une crise sans précédent. La pression des puissances étrangères est telle qu'en 1700, Charles II (1665-1700), le fils de Philippe IV, se décide à signer un testament en faveur du duc d'Anjou, petit-fils de Louis XIV : c'est le début du règne des Bourbons en Espagne.

Un décor de fin de régime

La pièce de Hugo baigne dans ce climat de décadence et de fin de régime. Les indices en sont innombrables : effacement total de Charles II, parti chasser à l'acte II (« Le roi chasse. Toujours absent. Ah ! quel ennui !/En six mois, j'ai passé douze jours près de lui », v. 59-60) et de nouveau absent à la réunion de ses ministres aux premières scènes de l'acte III ; allusion aux pressions de Louis XIV, du pape et de l'archiduc d'Autriche Joseph-Charles, prétendant à la succession de Charles II (« Me parlant de la France et de son roi caduc,/De Rome, et du portrait de monsieur l'archiduc », II, 1, v. 91-92) ; mise en scène des ministres dépouillant sans vergogne le trésor royal à la scène 1 de l'acte III ; longue énumération enfin par Ruy Blas des colonies perdues ou cédées par l'Espagne depuis Philippe IV :

> Tout s'en va. – Nous avons, depuis Philippe Quatre,
> Perdu le Portugal, le Brésil, sans combattre ;
> En Alsace Brisach, Steinfort en Luxembourg,
> Et toute la Comté jusqu'au dernier faubourg ;
> Le Roussillon, Ormuz, Goa, cinq mille lieues
> De côte, et Pernambouc, et les Montagnes-Bleues ! (III, 2, v. 89-94)

Le choix de cette époque s'explique sans doute en partie par une fascination toute romantique pour les âges sombres de l'histoire (voir « Le contexte culturel : romantisme et désenchantement », p. 198). Mais la véritable justification d'une telle option est d'ordre polémique : en situant son drame sous un régime décadent, Hugo se ménageait la possibilité d'attaquer indirectement la monarchie de Juillet.

LE TEMPS DE L'ÉCRITURE : UNE SATIRE DE LA FRANCE DE 1838

L'Espagne du XVIIe siècle finissant et la France de 1838 offrent de multiples points communs, à commencer par le bouleversement que connaît la monarchie dans les deux pays à un siècle et demi d'intervalle. Charles X en France, Charles II en Espagne sont les derniers monarques de deux dynasties qui vivent leur crépuscule. Les Habsbourg d'Espagne céderont la place aux Bourbons en 1700 ; de même, après l'insurrection de 1830, les Bourbons de France sont contraints de laisser la place à la branche cadette des Orléans. Le changement dynastique n'a certes pas encore eu lieu à l'époque où se déroule *Ruy Blas*, mais il est imminent, et les signes avant-coureurs en sont nombreux, on l'a vu, notamment dans les actes II et III.

La France de 1838 et l'Espagne de « 169... » ont un autre point commun : leur hégémonie appartient au passé. À travers le rappel de Charles Quint par Ruy Blas à la fin de sa longue tirade aux ministres (III, 2) se profile bien sûr celui par Hugo de Napoléon, symbole d'une grandeur peu à peu réduite à néant tant par les défaites militaires (dont la principale reste celle de Waterloo, en 1815) que par la politique sans ambition de Louis XVIII, de Charles X et surtout de Louis-Philippe depuis 1830. Sous l'amertume du héros affleure celle de l'auteur, celle du Hugo patriote qui s'insurge de voir son pays affaibli renoncer à tout dessein universel.

Nul doute que ces ressemblances frappaient le spectateur de l'époque et jouaient dans les esprits le rôle de « clef », invitant à interpréter de nombreux épisodes de la pièce en référence au contexte français de la monarchie de Juillet. Ainsi, le long réquisitoire prononcé par Ruy Blas contre les ministres (III, 2) peut-il se lire comme la dénonciation d'un autre travers commun aux deux époques, l'emprise grandissante de l'argent et des intérêts privés sur les sphères de l'État : avec les Orléans, sous la monarchie de Juillet (1830-1848), c'est aussi la bourgeoisie d'affaires qui s'empare du pouvoir.

Mais Hugo ne se contente pas de tirer parti des similitudes que l'Espagne de Charles II pouvait offrir avec la France de Louis-Philippe : il n'hésite pas à projeter sur le XVIIe siècle espagnol des interrogations propres au XIXe siècle français, indissociables du contexte post-révolutionnaire dans lequel s'inscrit la pièce.

LE CONTEXTE IDÉOLOGIQUE

Parmi les différentes questions soulevées par *Ruy Blas*, certaines sont tout à fait étrangères au XVIIe siècle espagnol et ne prennent sens qu'en référence au contexte idéologique de la France de 1838 : ainsi en est-il des notions de justice sociale, de mérite, de liberté des individus – héritées des Lumières et de la Révolution – ou encore de l'interrogation sur le rôle politique grandissant du peuple.

L'HÉRITAGE DE LA RÉVOLUTION

La valorisation du mérite

Parmi les valeurs héritées du XVIIIe siècle, on peut citer tout d'abord la valorisation du mérite par rapport à la naissance : pour la première fois, avec les Lumières, s'est affirmée l'idée que, dans l'intérêt de tous, le gouvernement ne devait pas être exercé par le plus noble mais par le plus compétent. Que l'on songe au monologue de Figaro, dans *Le Mariage de Figaro* de Beaumarchais, et à l'invective que le valet lance à son maître, le puissant comte d'Almaviva : « Qu'avez-vous fait pour tant de biens ! vous vous êtes donné la peine de naître, et rien de plus. Du reste homme assez ordinaire ! tandis que moi, morbleu ! » (V, 3, 1784). De cette valorisation du mérite (entérinée par la Révolution qui affirme l'égalité des hommes en droit), *Ruy Blas* se fait largement l'écho. Non seulement les plaintes du laquais à son ami don César dénoncent le scandale d'une naissance qui le condamne à n'être jamais rien (« Oh ! mon âme au démon ! je la vendrais pour être/Un des jeunes seigneurs que, de cette fenêtre,/Je vois en ce moment », I, 3, v. 421-423), mais le triomphe du héros métamorphosé en duc d'Olmedo et les capacités incontestées dont il fait preuve en tant que ministre (Ubilla lui-même est contraint de l'admettre : « Fils, nous avons un maître », III, 2, v. 185) marquent de façon éclatante que la compétence ne doit rien à la naissance.

La responsabilité du souverain devant son peuple

Ensuite, l'idée d'une responsabilité du souverain devant son peuple, implicitement mise en avant par Ruy Blas dans sa longue tirade à la scène 2 de l'acte III, est elle aussi héritée des Lumières. À partir de la fin du XVIIIe siècle, on commence à considérer que l'État a pour fin première d'assurer le bon gouvernement de ses sujets et de leur procurer une sécurité tant alimentaire que physique. Témoin de cette évolution, Louis-Philippe, depuis son accession au trône en 1830, est nommé « roi des Français » et non « roi de France » comme c'était le cas de Charles X et, avant lui, des autres Bourbons. Dès lors, c'est au souverain et à sa mauvaise administration qu'incombe la responsabilité des famines et autres maux qui accablent le peuple : Ruy Blas peut s'en prendre directement aux ministres lorsqu'il évoque « Le peuple misérable, et qu'on pressure encor » (III, 2, v. 115) et les troupes armées qui « Vont battant le pays et brûlant la moisson » (III, 2, v. 119).

La liberté de l'individu

Enfin, une troisième valeur chère aux Lumières se fait jour à travers le dénouement tragique et la liaison impossible de Ruy Blas et de la reine. En mettant l'accent sur les sentiments et sur le drame intérieur de Ruy Blas, la pièce se centre sur un individu, dont les libertés privées sont en principe inaliénables. Tout *Ruy Blas* peut se lire comme un drame de la négation de ces libertés : du début à la fin, le laquais et la reine sont soumis au poids de leur destin social, qui interdit rigoureusement leur union. Ils ne se rapprochent l'un de l'autre qu'à la faveur d'un travestissement éphémère du laquais en grand d'Espagne. Et si leur volonté d'individus finit par avoir raison du carcan de la société (la reine reconnaît *in extremis* Ruy Blas pour ce qu'il est : « Ruy Blas, je vous pardonne ! », V, 4, v. 225), c'est au prix de la mort du héros et, par conséquent, d'une séparation irréversible des amants.

L'IRRUPTION DU PEUPLE SUR LA SCÈNE POLITIQUE

Reste un fait majeur, tributaire lui aussi d'interrogations contemporaines de l'écriture de la pièce : l'assimilation de Ruy Blas au peuple. Hugo, dans la Préface de la pièce, accorde une place de première importance à cette force nouvelle :

> [...] le peuple, qui a l'avenir et qui n'a pas le présent ; le peuple, orphelin, pauvre, intelligent et fort ; placé très bas, et aspirant très haut ; ayant sur le dos les marques de la servitude et dans le cœur les préméditations du génie. (p. 12, l. 165-169)

Impensable au XVIIe siècle (surtout dans la société extrêmement hiérarchisée de l'Espagne des Habsbourg), l'élévation, même éphémère, de Ruy Blas n'est concevable que sous la plume d'un auteur qui écrit après le grand bouleversement de la Révolution. Elle suppose l'existence d'un système aux hiérarchies moins cloisonnées, aux classes moins verrouillées, dans lequel une certaine mobilité sociale est désormais possible, même si le déterminisme de la naissance continue de jouer un rôle de premier plan. *Ruy Blas* porte ainsi la trace d'une société où commence à émerger la question du devenir du peuple en tant que force politique, cela avec d'autant plus d'acuité que les insurrections populaires se font de plus en plus nombreuses : émeutes de 1830, révolte des canuts lyonnais en 1831.

À cette question, Hugo apporte une réponse complexe : il affirme, à travers la compétence de Ruy Blas, le « génie » du peuple ; mais il ne semble pas croire encore à la possibilité d'un véritable gouvernement populaire. Le héros, en effet, ne parvient aux plus hautes fonctions qu'au prix d'un travestissement (et donc d'un reniement) de ses origines. Son sort funeste laisse pessimiste quant aux chances pour le peuple d'accéder durablement au pouvoir. Ce pessimisme, que l'on retrouve dans *Lorenzaccio* de Musset, est celui de toute une génération : il est à mettre en relation avec un contexte culturel marqué par le désenchantement.

LE CONTEXTE CULTUREL : ROMANTISME ET DÉSENCHANTEMENT

Maints traits de *Ruy Blas* en font une pièce typiquement romantique, révélatrice des interrogations d'une génération qui s'est considérée comme « perdue » parce que venue trop tard au monde, après la faillite des grands idéaux révolutionnaires.

L'HISTOIRE DÉSENCHANTÉE

Le retour à l'ordre ancien, scellé à partir de 1815 par la Restauration de la branche légitime sur le trône, la confiscation des émeutes de 1830 au profit des Orléans, la répression, en 1831, du soulèvement des ouvriers de la soie (les fameux « canuts ») à Lyon, toutes ces tentatives avortées et ces espoirs déçus avaient contribué à forger chez les contemporains de Hugo une vision pessimiste de l'histoire.

L'un des meilleurs exemples en est sans doute *Lorenzaccio*, publié en 1833 : Musset s'ingénie à faire attendre pendant quatre actes un meurtre politique (celui du tyran de Florence, Alexandre de Médicis, par son cousin Lorenzo) qui, lorsqu'il s'accomplit enfin, ne déclenche rien de ce que son auteur escomptait. Non seulement le peuple n'en profite pas pour se soulever (le pouvoir est aussitôt confisqué par un autre Médicis, cousin du premier), mais Lorenzo est assassiné par un anonyme, c'est-à-dire, symboliquement, par le peuple lui-même. *Ruy Blas* n'offre pas de l'histoire une image beaucoup plus positive : l'Espagne que montre la pièce est en pleine décadence ; l'unique personnage qui s'efforce d'en redresser le cours devient aussitôt la cible de haines et de jalousies (« Cette fortune-là cache quelque mystère », soupçonne don Manuel Arias dès le lever de rideau du troisième acte) et se voit irréversiblement écrasé par un rival moins bien intentionné que lui, en l'occurrence son propre maître.

Cette vanité des efforts humains pour enrayer la marche inexorable de l'histoire se rattache à un autre thème récurrent : celui du conflit entre l'individu et la société.

LE DIVORCE DE L'INDIVIDU ET DE LA SOCIÉTÉ

Le décalage entre les aspirations intimes du personnage et la réalité de sa condition sociale est un autre motif éminemment romantique. À travers le suicide final du héros, c'est le divorce de l'individu et de la société qui est mis en scène : Ruy Blas meurt de n'avoir pu réconcilier moi intime et moi social, de ne pouvoir être simultanément amant de la reine et laquais.

Contradictions entre la réalité étroite de l'individu et la grandeur de ses aspirations, obstacles dressés par la société face aux aspirations individuelles : ces données sont caractéristiques de la sensibilité romantique depuis Chateaubriand au moins, sinon depuis *Les Rêveries du promeneur solitaire* de Rousseau. Le héros romantique est un être à part, marqué d'une singularité qui lui est souvent fatale : son histoire est d'abord celle de son affrontement avec la société qui l'entoure et celle de sa défaite. Ruy Blas, obligé au terme de l'intrigue de se donner la mort, ne déroge pas à la règle. Sa monstruosité lui vient de son amour pour la reine : ne met-il pas don César en garde contre sa folie ?

> Ou plutôt, va, fuis-moi. Va-t'en, frère. Abandonne
> Ce misérable fou qui porte avec effroi
> Sous l'habit d'un valet les passions d'un roi ! (I, 3, v. 438-440)

Elle lui vient aussi de son « génie » qui fait dire à Ubilla lui-même : « Cet homme sera grand » (III, 2, v. 186).

Remarquons toutefois que si le conflit tourne presque toujours à la défaite de l'individu, c'est en revanche ce dernier qui, contre l'ordre perverti de la société, est valorisé. Toute la puissance pathétique du dénouement de *Ruy Blas* vient précisément de cette valorisation :

> Tandis que dans la tragédie grecque c'est la cité qui l'emporte, écrit Anne Ubersfeld, ici c'est le héros qui est valorisé dans son échec même, par la force de son vouloir, par la qualité de son amour – en face d'un monde à qui est progressivement déniée toute valeur[1].

LE CONTEXTE BIOGRAPHIQUE

LE CHEF DE FILE DES JEUNES ROMANTIQUES

Né en 1802, la même année que Dumas, cinq ans après Vigny et huit ans seulement avant Musset, Hugo appartient pleinement à la jeune génération romantique qui entre en littérature au début des années 1820 et grandit d'abord dans l'admiration de son père spirituel, Chateaubriand.

Hugo affiche à ses débuts des opinions royalistes : il fonde dès 1819 la revue *Le Conservateur littéraire*, et ses premières publications (un recueil de poésies en 1822, un roman, *Han d'Islande*, en 1823) lui valent d'obtenir rapidement une pension de Louis XVIII, puis de Charles X. Mais ses idées vont peu à peu évoluer vers le libéralisme. Il ne tarde pas

1. Anne Ubersfeld, *Le Roi et le Bouffon*, Paris, Corti, 1973.

à prendre position contre la peine de mort. Ses auteurs de prédilection deviennent rapidement ceux qui, par leur grandeur, débordent la tradition classique : Shakespeare, Goethe, Byron, Schiller, Walter Scott.

La Préface de son drame *Cromwell* (1827), texte fondateur de l'esthétique du drame romantique, fait l'effet d'un coup de tonnerre dans les milieux littéraires et le propulse à la tête des jeunes romantiques (parmi lesquels Musset, Nodier, Vigny, Dumas, Gautier ou encore Delacroix) qui s'opposent aux tenants du classicisme. La représentation d'*Hernani*, en 1830, à la Comédie-Française, fournit le prétexte d'un affrontement ouvert entre les deux partis. Scandale oblige, la recette est exceptionnelle et la popularité de Hugo assurée.

HUGO EN 1838

Lorsqu'il écrit *Ruy Blas*, Hugo est, depuis plusieurs années déjà, largement reconnu en tant qu'écrivain de théâtre. Depuis *Hernani*, il a fait représenter, avec des fortunes diverses, deux drames en vers, *Marion Delorme* (1831) et *Le Roi s'amuse* (1832), et trois drames en prose, *Lucrèce Borgia* (1833), *Marie Tudor* (1833) et *Angelo, tyran de Padoue* (1835). Il est le maître incontesté du drame romantique, mais la partie est loin d'être gagnée auprès de la critique qui lui reproche l'invraisemblance et le peu de « sérieux » de ses drames. Il lui faut démontrer par une œuvre nouvelle que le drame est susceptible de ne plus s'adresser seulement à l'imagination, mais à la réflexion : conquérir, en somme, non seulement la foule et les femmes, mais aussi la troisième « espèce » de spectateurs qui, selon la Préface de 1838, compose le public, les penseurs.

SOURCES ET GENÈSE DE L'ŒUVRE

Curieusement, *Ruy Blas* n'aurait pas été inspiré à Hugo par une pièce de théâtre antérieure, mais par un épisode célèbre du livre III des *Confessions* de Rousseau : celui où Jean-Jacques, laquais chez le comte de Gouvon, s'éprend en la servant à table de la petite-fille de ce dernier, Mlle de Breil[1].

---

1. Jean-Jacques Rousseau, *Œuvres complètes I*, Bibliothèque de la Pléiade, Paris, Gallimard, 1959, pp. 94-96.

Hugo choisit tout d'abord de transposer cette anecdote en Espagne. Pour parer à toute accusation d'invraisemblance ou de manque de rigueur, il l'étaie de solides données historiques qu'il puise notamment chez Mme d'Aulnay, chez le marquis deVillars ou encore chez le marquis de Louville, dans des mémoires relatifs à la cour d'Espagne. Ainsi, il peut affirmer dans une note écrite après les premières représentations de la pièce :

> Il n'y a pas dans *Ruy Blas* un détail de la vie privée ou publique, d'intérieur, d'ameublement, de blason, d'étiquette, de biographie, de chiffre ou de topographie qui ne soit scrupuleusement exact.

Mais surtout, Hugo modifie le dénouement de l'épisode emprunté à Rousseau. La distance sociale entre Ruy Blas et la reine, quoique plus considérable encore que celle qui sépare Jean-Jacques de Mlle de Breil dans les *Confessions*, n'est plus tout à fait infranchissable : la pièce se clôt sur l'acceptation par la reine de la condition inférieure de son amant, et l'amour triomphe – même si c'est au prix de la mort de Ruy Blas – du destin social. Entre les *Confessions* et *Ruy Blas*, dira Hugo, « il y a la Révolution ».

LA RÉCEPTION DE L'ŒUVRE

LA CRÉATION

Lorsqu'il écrit *Ruy Blas*, Hugo est depuis quelque temps tenu à l'écart de la Comédie-Française et brouillé avec le directeur du théâtre de la Porte-Saint-Martin, où il avait fait jouer ses précédents drames. La première a donc lieu le 8 novembre 1838 dans un ancien théâtre du quartier, rénové et rebaptisé pour l'occasion : l'actuel théâtre de la Renaissance. La mise en scène et les décors sont sans doute de l'auteur lui-même, et le rôle-titre est tenu par l'acteur fétiche de Hugo, Frédérick Lemaître, créateur du célèbre personnage de mélodrame Robert Macaire.

Si le succès que remporte ce dernier est incontesté, la critique en revanche est sévère avec l'œuvre. Chez les doctes, le dédain et la dérision sont de règle. Malgré la bonne recette, les articles de presse favorables à Hugo sont rares et presque tous de commande. On lit dans *Le Temps* que « M. Victor Hugo n'a fait que mettre en vers la polémique de ses amis ».

De partout, les diatribes fusent contre le mélange des catégories sociales, la destruction des hiérarchies, la sympathie manifeste de Hugo pour les classes inférieures, son goût pour le bas, le laid. La reine est qualifiée de « midinette » et les critiques parlent, à propos de la double nature du héros, d'« antithèse manquée » : trop invraisemblable, la métamorphose du laquais en ministre ne parvient nullement à les convaincre. L'importance du grotesque dans la pièce est justement notée par les critiques, mais pour être aussitôt fustigée : l'art de Hugo n'est plus capable d'« idéalisation ». On renvoie l'auteur à l'exemple de Racine et de Corneille en le traitant de demi-fou, d'insensé, d'homme « déraillé ». On lit dans *La Revue des deux mondes* :

> Désormais, M. Hugo ne relève plus de la critique littéraire. [...] Son intelligence n'est plus qu'un chaos ténébreux où s'agitent pêle-mêle des mots dont il a oublié la valeur. [...] Ou *Ruy Blas* est une gageure contre le bon sens, ou c'est un acte de folie.

LES PREMIÈRES REPRISES : DE LA PORTE-SAINT-MARTIN À LA COMÉDIE-FRANÇAISE

La reprise de la pièce à la Porte-Saint-Martin, en 1841, toujours avec Frédérick Lemaître en Ruy Blas, ne suffit pas à susciter un revirement de la critique. Il faut attendre la reprise éclatante de 1872, à l'Odéon, sous la direction de Chilly, avec Lafontaine en Ruy Blas, Geoffroy en don Salluste et surtout Sarah Bernhardt dans le rôle de la reine, pour voir naître autour de l'œuvre un engouement général. La pièce finit en 1879 par rejoindre *Hernani* au répertoire de la Comédie-Française, avec dans les rôles principaux Mounet-Sully, F. Fevre, Coquelin aîné et de nouveau Sarah Bernhardt. De 1879 à 1962, elle ne sera pas représentée moins de 807 fois.

LES MISES EN SCÈNE MODERNES

Deux partis pris opposés : Jean Vilar et Raymond Rouleau

Toute mise en scène moderne de la pièce se heurte à une difficulté qui tient à la nature du drame hugolien : « la stylisation du décor, nécessaire à notre goût, risque de déséquilibrer une pièce dans laquelle l'élément visuel et concret, l'objet, joue un rôle essentiel », écrit Anne Ubersfeld dans son édition critique du texte[1]. C'est dire qu'à trop vouloir « adapter » la pièce, à trop lui ôter de ce que l'alexandrin hugolien et l'omniprésence des accessoires peuvent comporter de désuet, on risque de la priver d'une partie importante de sa signification.

Pour faire face à cette difficulté, Jean Vilar, dans une mise en scène de 1954 restée célèbre, choisit le dépouillement et la sobriété, sans pour autant prendre de liberté excessive avec les indications de Victor Hugo. Le directeur du TNP tente alors de rajeunir la pièce en lui imprimant un rythme rapide, dépouillé, débarrassé de toute grandiloquence, avec Gérard Philippe dans le rôle-titre, Daniel Sorano en don César et le jeune Philippe Noiret dans le rôle du laquais au quatrième acte :

> N'enroulez pas autour du vers ou des répliques de Hugo des jeux ou des intonations, des phrases d'acteur, trop particulières à vous-mêmes, trop personnelles, lit-on dans une « Note pour les comédiens » datée du 22 février 1954. Rien de plus néfaste à Hugo qu'un interprète qui lèche, surlèche ses alexandrins écrits en pleine inspiration et de plein jet.

À l'inverse, Raymond Rouleau prend à la Comédie-Française, en 1968, le parti d'un classicisme respectueux des indications hugoliennes : le décor est riche et hispanisant, les costumes aussi proches que possible des esquisses d'époque.

D'autres mises en scène : Jacques Destoop et Robert Wilson

Par la suite, tous les metteurs en scène de la pièce auront à se situer par rapport à cette alternative : respect des indications et richesse du décor (au risque de produire un résultat désuet) ou parti pris « moderniste » de dépouillement. La Comédie-Française optera toujours plus ou moins pour la première solution, par exemple en 1979 avec la mise en scène de Jacques Destoop. D'autres, comme Robert Wilson au théâtre des Bouffes-du-Nord, en 1992, avec Lambert Wilson dans le rôle-titre, s'efforceront au contraire d'adapter la pièce à notre goût et de lui donner une actualité nouvelle (voir lecture d'images, p. 240-241).

1. Anne Ubersfeld, *Ruy Blas*, 2 tomes, Paris, Les Belles Lettres, 1971, tome 1, p. 120.

GROUPEMENT DE TEXTES : LA REPRÉSENTATION DE L'HISTOIRE DANS LE DRAME ROMANTIQUE

Après avoir lu l'ensemble des textes ci-dessous, vous répondrez aux questions suivantes.

1. Les textes 1 et 2 prêtent une même fonction majeure au théâtre. Laquelle ? En quoi la position de Benjamin Constant diffère-t-elle malgré tout de celle de Hugo ?

2. Les représentants du drame romantique ne se contentent pas d'affirmer la nécessité de porter l'histoire sur scène, ils proposent de celle-ci une vision qui leur est propre, vision éminemment romantique.
En vous appuyant sur les textes 1, 2 et 3, dites quelles en sont les principales caractéristiques.

3. En quoi les listes de personnages 4 et 5 sont-elles révélatrices de la conception romantique de l'histoire ? Lequel, de Musset ou de Hugo, semble aller le plus loin dans la réalisation des ambitions énoncées dans les textes 1 et 2 ? Pourquoi ?

TEXTE 1 • Victor Hugo, Préface de *Cromwell* (1827)

Le théâtre est un point d'optique. Tout ce qui existe dans le monde, dans l'histoire, dans la vie, dans l'homme, tout doit et peut s'y réfléchir, mais sous la baguette magique de l'art. L'art feuillette les siècles, feuillette la nature, interroge les chroniques, s'étudie à reproduire la réalité des faits, surtout celle des mœurs et des caractères, bien moins léguée au doute et à la contradiction que les faits, restaure ce que les annalistes ont tronqué, harmonise ce qu'ils ont dépouillé, devine leurs omissions et les répare, comble leurs lacunes par des imaginations qui aient la couleur du temps, groupe ce qu'ils ont laissé épars, rétablit le jeu des fils de la providence sous les marionnettes humaines, revêt le tout d'une forme poétique et naturelle à la fois, et lui donne cette vie de vérité et de saillie qui enfante l'illusion, ce prestige de réalité qui passionne le spectateur, et le poète le premier, car le poète est de bonne foi. Ainsi le but de l'art est presque divin : ressusciter, s'il fait de l'histoire ; créer s'il fait de la poésie.

TEXTE 2 • Benjamin Constant, *Réflexions sur la tragédie* (1829)

L'ordre social, l'action de la société sur l'individu, dans les diverses phases et aux diverses époques, ce réseau d'institutions et de conventions qui nous enveloppe dès notre naissance et ne se rompt qu'à notre mort, sont des ressorts tragiques qu'il ne faut que savoir manier. Ils sont tout à fait équivalents à la fatalité des anciens ; leur poids a tout ce qui était invincible et oppressif dans cette fatalité ; les habitudes qui en découlent, l'insolence, la dureté frivole, l'incurie obstinée, ont tout ce que cette fatalité avait de désespérant et de déchirant : si vous représentez avec vérité cet état des choses, l'homme des temps modernes frémira de ne pouvoir s'y soustraire, comme celui des temps anciens frémissait sous la puissance mystérieuse et sombre à laquelle il ne lui était pas permis d'échapper, et notre public sera plus ému de ce combat de l'individu contre l'ordre social qui le dépouille ou qui le garrotte, que d'Œdipe poursuivi par le Destin, ou d'Oreste par les Furies.

TEXTE 3 • Anne Ubersfeld, *Le Roi et le Bouffon* (1973)

Paris, Corti, 2001, pp. 484-486

L'exemple le plus net du divorce entre le sujet[1] de la fable et le sujet historique, et de la déperdition de ce dernier à l'intérieur d'un groupe, c'est celui de *Ruy Blas* : le roi est absent, et c'est caché derrière un rideau qu'il assiste aux délibérations du conseil où l'on dépèce l'Espagne. L'impuissance de la reine n'est pas moins grande : si elle fait « tout », son action se borne à installer aux affaires son favori ; le sujet historique s'est fractionné, pulvérisé en une poussière de tyranneaux : cette fois, non seulement la collusion du sujet historique et du groupe des privilégiés est éclatante, mais ce groupe a positivement supplanté le sujet historique, rendant impossible l'instauration de Ruy Blas comme tel : une extraordinaire trouvaille dramatique assimile au groupe aristocratique des ministres ce ministre de la police disgracié qu'est Salluste, qui parle en tant que grand d'Espagne, s'identifiant aux

1. Dans tout ce commentaire d'Anne Ubersfeld, le mot *sujet* est à prendre au sens d'« acteur ».

autres grands dans l'intérêt desquels il « ressuscite[1] », et dont il assure la victoire réelle sous la défaite apparente ; bien plus, le sujet historique dégradé qu'est Salluste, relais décomposé d'une royauté fantôme, tire à lui dans le néant celui qui aurait vocation de sujet de l'histoire : Ruy Blas, déguisé en aristocrate, donc assimilé aux privilégiés, est engagé de force dans le rang des « loups », inexorablement identifié à eux, obligé de les servir ou de disparaître : le jeu des pronoms (le *nous* royal du ministre relayé par le *je* de la supplication du laquais, le *vous* qui fait place au *tu* du maître) signe la dépersonnalisation de Ruy Blas. Le divorce du sujet de la fable et du sujet historique interdit à quelque personnage que ce soit de se faire sujet de l'histoire. Ce fait a des conséquences logiques incalculables : il affirme la dégradation de toute action, le néant historique, la place en creux de toute véritable force politique, aucun individu ne pouvant l'assumer, et le peuple n'étant pas prêt à prendre le relais de l'empereur défunt.

TEXTE 4 • Alfred de Musset, *Lorenzaccio* (1834)

On trouve au début de la pièce de Musset la liste des personnages suivants.

ALEXANDRE DE MÉDICIS, *duc de Florence*
LORENZO DE MÉDICIS (LORENZACCIO) } *ses cousins*
CÔME DE MÉDICIS
LE CARDINAL CIBO
LE MARQUIS CIBO, *son frère*
SIRE MAURICE, *chancelier des Huit*
LE CARDINAL BACCIO VALORI, *commissaire apostolique*
JULIEN SALVIATI
PHILIPPE STROZZI
PIERRE STROZZI } *ses fils*
THOMAS STROZZI
LÉON STROZZI, *prieur de Capoue*
ROBERTO CORSINI, *provéditeur de la forteresse*

1. Anne Ubersfeld se réfère ici à la scène 5 de l'acte III, où Salluste réapparaît pour prendre la défense de Priego face à Ruy Blas : « Ici, pour les beaux yeux de la caisse publique,/Vous exilez ce cher Priego, l'un des grands ?/Vous avez oublié que vous êtes parents » (v. 346-348).

Palla Ruccelai
Alamanno Salviati
François Pazzi
} *seigneurs républicains*
Bindo Altoviti, *oncle de Lorenzo*
Venturi, *bourgeois*
Tebaldeo, *peintre*
Scoronconcolo, *spadassin*
Les Huit
Giomo le Hongrois, *écuyer du duc*
Maffio, *bourgeois*
Deux dames de la cour et un officier allemand
Un orfèvre, un marchand, deux précepteurs et deux enfants, pages, soldats, moines, courtisans, bannis, écoliers, domestiques, bourgeois, etc.
Marie Soderini, *mère de Lorenzo*
Catherine Ginori, *sa tante*
La marquise Cibo
Louise Strozzi

TEXTE 5 • Victor Hugo, *Ruy Blas* (1838)

On trouve au début de la pièce de Victor Hugo la liste des personnages suivants.

Ruy Blas
Don Salluste de Bazan
Don César de Bazan
Don Guritan
Le comte de Camporeal
Le marquis de Santa-Cruz
Le marquis del Basto
Le comte d'Albe
Le marquis de Priego
Don Manuel Arias
Montazgo
Don Antonio Ubilla
Covadenga
Gudiel

UN LAQUAIS
UN ALCADE[1]
UN HUISSIER
UN ALGUAZIL[2]
UN PAGE
DONA MARIA DE NEUBOURG, *reine d'Espagne*
LA DUCHESSE D'ALBUQUERQUE
CASILDA
UNE DUÈGNE[3]
DAMES, SEIGNEURS, CONSEILLERS PRIVÉS, PAGES, DUÈGNES, ALGUAZILS, GARDES, HUISSIERS DE CHAMBRE ET DE COUR.

Madrid. – 169…

1. *Un alcade :* un juge. \ 2. *Un alguazil :* un agent de police. \ 3. *Une duègne :* une vieille gouvernante chargée de surveiller une princesse.

L'ŒUVRE DANS UN GENRE

DU CLASSICISME À LA RÉVOLUTION ROMANTIQUE

En 1838, année de la création de *Ruy Blas*, la vie théâtrale française est marquée depuis une bonne décennie déjà par la vogue d'un genre nouveau, le drame romantique.

Inauguré entre 1825 et 1830 par le « cénacle », groupe de jeunes écrivains qui se réunissent chez Charles Nodier d'abord, puis bientôt chez Victor Hugo lui-même, ce renouveau du genre théâtral reflète la volonté commune à nombre d'écrivains de se libérer des contraintes imposées par l'esthétique classique et d'ouvrir le théâtre à de nouvelles voies.

Imprégnés de la lecture d'auteurs étrangers : Shakespeare (1564-1616), Calderón (1600-1681), et plus près dans le temps Schiller (1759-1805), Byron (1788-1824), Goethe (1749-1832), les « romantiques », au premier rang desquels Hugo, Musset, Vigny et Dumas, plaident pour une dramaturgie capable d'embrasser la complexité du monde et de figurer individus et société dans toute leur richesse et leur diversité. À nouvel objet, nouvelle forme, affirment-ils : l'ambition de représenter l'histoire et les grands phénomènes sociaux (guerres, révolutions) suppose la mise en œuvre d'autres moyens que ceux imposés par le classicisme, qui s'attachait à peindre la passion ou les déchirements d'un nombre limité de protagonistes.

LE « CARCAN » DE LA DRAMATURGIE CLASSIQUE

L'esthétique romantique se constitue avant tout en réaction aux contraintes extrêmement strictes qu'imposait la dramaturgie classique. Fortement influencée par la redécouverte, à la Renaissance, de la *Poétique* d'Aristote, celle-ci s'était mise en place surtout à partir de la seconde moitié du XVIIe siècle. Parmi les codifications auxquelles toute pièce devait se plier, les principales étaient la règle des trois unités (temps, lieu et action), celle de la séparation des genres (tragédie d'un côté, comédie de l'autre), celle du respect de la vraisemblance et de la bienséance[1].

1. Pour un approfondissement de cette présentation, voir Jacques Scherer, *La Dramaturgie classique en France*, Paris, Nizet, 1950.

La règle des trois unités

Elle imposait à la pièce un triple resserrement.

Tout d'abord, le resserrement s'opérait dans le *temps* : l'intrigue ne devait pas s'étendre au-delà des vingt-quatre heures, afin de réduire autant que possible le décalage entre durée de la fiction et durée de la représentation. À tel point que les auteurs devaient parfois recourir à toutes sortes de ruses. Par exemple, pour faire tenir les nombreuses péripéties du *Cid* en vingt-quatre heures, Corneille confronte dans la même journée Rodrigue au comte, aux Maures et à don Sanche.

Il s'opérait ensuite en un seul et même *lieu*, afin de concentrer les effets de l'action et de renforcer la cohérence de l'intrigue. Racine pousse cette exigence à son point extrême en enfermant ses héros dans la fameuse « Anti-Chambre » décrite par Roland Barthes, lieu tragique par excellence où le héros « parle ses raisons » : « Saisie entre le monde, lieu de l'action, et la Chambre, lieu du silence, l'Anti-Chambre est le lieu du langage : c'est là qu'on attend [1]. »

Enfin, l'*action* se resserrait autour d'une intrigue principale : conformément aux prescriptions aristotéliciennes, la fable devait être simple. Pour des raisons d'efficacité dramatique, les intrigues de second plan devaient se rattacher étroitement au fil principal.

La séparation des genres

Aux impératifs des trois unités s'ajoutait celui de la séparation des genres : tragédie et comédie étaient soigneusement distinguées. Le genre hybride de la tragi-comédie, auquel se rattache encore la première version du *Cid* en 1635, ne survit guère à la première moitié du siècle (Corneille rebaptise *Le Cid* « tragédie » en 1648). La frontière entre les deux genres était depuis longtemps codifiée : d'une part, la tragédie met en scène des personnages de haute condition, visant à émouvoir le spectateur, et s'achève sur un dénouement funeste ; d'autre part, la comédie, aux personnages d'origine beaucoup plus modeste, vise à « châtier les mœurs par le rire » et se termine quasi invariablement par un mariage. Cette distinction allait de pair avec une hiérar-

1. Roland Barthes, *Sur Racine*, coll. « Points Essais », Paris, Seuil, 1963, p. 16.

chie des styles héritée d'une tradition rhétorique ancienne : à la tragédie le style élevé, à la comédie le style médiocre (c'est-à-dire moyen) et le style bas.

La vraisemblance

La troisième exigence fondamentale, héritée elle aussi de l'Antiquité, est peut-être la seule que les romantiques ne remettront jamais vraiment en cause : la vraisemblance. Du nœud de l'action à la « catastrophe », les péripéties devaient s'enchaîner selon une logique infaillible, de manière à rendre l'intrigue aussi crédible que possible et à favoriser sa réception par le spectateur.

La bienséance

Enfin, auteurs comiques et *a fortiori* tragiques étaient tenus de respecter la bienséance, c'est-à-dire de ne rien représenter ni faire dire à leurs personnages qui fût contraire aux mœurs en usage : ni meurtres sur scène, ni vocables familiers ou obscènes, ni prosaïsme excessif. Commencer une pièce avec l'ordre d'un maître demandant à son laquais d'ouvrir une fenêtre, comme se risque à le faire Hugo dans *Ruy Blas*, voilà qui eût été impensable dans une pièce classique.

C'est tout cet édifice de règles et de conventions (témoin la fameuse « querelle du *Cid* », en 1637, durant laquelle partisans et détracteurs de la pièce s'affrontent avec une violence extrême à propos de la vraisemblance et de la bienséance de son dénouement) que les romantiques vont progressivement ébranler.

L'ANNONCE D'UN RENOUVEAU

La querelle d'*Hernani*, en 1830, est déjà symptomatique d'un conflit qui oppose la nouvelle génération à l'ancienne. Mais il faut remonter au début des années 1820 et à la publication de deux textes théoriques majeurs pour comprendre l'origine et les enjeux de la contestation romantique.

Guizot avait, dès 1821, ouvert la voie en publiant une *Vie de Shakespeare* dans laquelle il dénonçait l'inadaptation des conventions classiques aux nouveaux enjeux du théâtre :

> Témoins depuis trente ans des plus grandes révolutions de la société, affirmait-il, nous ne resserrerons pas volontiers le mouvement de notre esprit dans l'espace étroit de quelque événement de famille, ou dans les agitations d'une passion purement individuelle. [...] Le système de Shakespeare peut seul fournir, ce me semble, les plans d'après lesquels le génie doit travailler. Seul ce système embrasse cette généralité d'intérêts, de sentiments, de conditions qui forme pour nous le spectacle des choses humaines.

Mais deux parutions surtout vont s'avérer capitales pour la définition des principes qui guideront la nouvelle génération. En 1825 d'abord, Stendhal fait paraître un essai intitulé *Racine et Shakespeare*, dans lequel il prône l'ouverture du théâtre à la totalité du réel et à la représentation de l'histoire dans son amplitude, cela avant tout par la transgression des règles classiques d'unité, de temps et de lieu, qui depuis le XVIIIe siècle enferment en dépit du bon sens la création théâtrale dans un néoclassicisme monotone.

En 1827 ensuite, avec plus de retentissement encore, Hugo livre, en préface à son vaste drame *Cromwell*, un texte théorique dans lequel il expose avec brio les grandes lignes d'un théâtre nouveau, mieux adapté aux soucis des jeunes dramaturges contemporains. Hugo y recommande l'indifférence à la règle des trois unités, comme Stendhal, mais il formule aussi des exigences qui n'apparaissaient pas sous la plume de ce dernier : il s'agit de mélanger le sublime et le grotesque, l'individuel et le collectif, de présenter une grande variété de tons et de registres, de respecter la couleur locale, de multiplier les coups de théâtre, bref d'exploiter sans limite toute la diversité des possibles dramatiques.

UNE NOUVELLE ESTHÉTIQUE THÉÂTRALE : LE DRAME ROMANTIQUE

Les conséquences de cette « révolution romantique » en matière d'esthétique théâtrale seront considérables. On peut les résumer à travers trois bouleversements majeurs dont *Ruy Blas*, en 1838, se fait déjà largement l'écho. Il s'agit de la fin des unités, de l'irruption de l'histoire sur scène (aux dépens de la mythologie), du brouillage des frontières entre les genres qui conduit l'avènement d'une esthétique du mélange.

LA FIN DES UNITÉS

Les trois unités ne font pas l'objet d'une égale hostilité de la part des romantiques. Ce sont surtout les unités de temps et de lieu qui sont critiquées pour leur caractère artificiel :

> Nous disons deux et non trois unités, affirme Hugo dans la Préface de *Cromwell*, l'unité d'action ou d'ensemble, la seule vraie et fondée, étant depuis longtemps hors de cause [1].

Parmi les transformations introduites, la démultiplication de l'espace et l'allongement de la durée représentée occupent donc le premier plan, cependant que l'action, quant à elle, voit son unité au moins globalement maintenue.

Transgression et parodie de l'unité de lieu

L'unité de lieu est la première critiquée par Hugo en 1827. On en arrive à un paradoxe : pour la contester, les romantiques font appel au même argument que leurs adversaires, la vraisemblance. En se référant à cette notion, au nom de laquelle les dramaturges du XVIIe siècle enfermaient l'action dans un espace et une durée étroitement circonscrits, les romantiques affirment la nécessité d'une ouverture de la représentation à un espace-temps qui ne soit plus aussi limité :

> Quoi de plus invraisemblable en effet, demande Hugo, que ce vestibule, cette antichambre, lieu banal où nos tragédies ont la complaisance de venir se dérouler, où arrivent, on ne sait comment, les conspirateurs pour déclamer contre le tyran, le tyran pour déclamer contre les conspirateurs, chacun à leur tour ? Comment accepter de croire qu'un objet aussi vaste que l'histoire parviendra à s'y insérer [2] ?

De fait, nombreux sont les drames de l'époque qui font voler en éclats le cloisonnement trop strict de l'espace théâtral classique. C'est dans une

1. Victor Hugo, Préface de *Cromwell*, *Théâtre complet*, Bibliothèque de la Pléiade, Paris, Gallimard, p. 427. \ 2. Victor Hugo, Préface de *Cromwell*, *Théâtre complet*, *op. cit.*, pp. 427-428.

certaine mesure le cas de *Ruy Blas*, dont les cinq actes se déroulent successivement dans quatre lieux différents : le salon de Danaé, au cœur du palais royal, un salon des appartements de la reine, la salle « de gouvernement » et le repaire de don Salluste. On objectera certes que tous ces lieux s'inscrivent dans un seul et même espace, qui lui ne varie pas : Madrid, et plus précisément les environs du palais royal (l'appartement de don Salluste lui-même ne se trouve qu'à « deux cent pas » du palais). Il n'en reste pas moins que la pièce se transporte d'un lieu à l'autre au fil des actes, ce qui constitue déjà une transgression des règles classiques.

On peut du reste se demander si les salons qui accueillent les deux premiers actes ne revêtent pas une dimension parodique. Le second surtout, « contigu à la chambre de la reine », rappelle très exactement l'antichambre classique, lieu par excellence de l'entre-deux. Que l'on pense par exemple à l'action de *Bérénice*, située dès les premiers vers à mi-chemin de la chambre du roi et de celle de la reine : « De son appartement cette porte est prochaine,/Et cette autre conduit dans celui de la reine » (I, 1, v. 7-8). Toutefois, les messages qui y parviennent du dehors, loin d'annoncer comme chez Racine ou Corneille l'imminence d'une guerre, la mort d'un héros ou quelque événement d'importance, sont grotesques : « Madame, il fait grand vent et j'ai tué six loups » (II, 3, v. 232), écrit le roi. Il semble que Victor Hugo, en soulignant sur le mode comique le vide intérieur de l'antichambre, s'en prenne à l'esthétique classique et demande implicitement comment on a pu s'en tenir, pendant tant d'années, à la représentation d'un espace aussi intrinsèquement dépourvu d'intérêt.

Un temps fragmenté et symbolique

L'unité de temps n'est pas davantage épargnée par les romantiques.

> L'unité de temps n'est pas plus solide que l'unité de lieu, écrit Hugo, toujours en 1827. L'action, encadrée de force dans les vingt-quatre heures, est aussi ridicule qu'encadrée dans un vestibule. Toute action a sa durée propre comme son lieu particulier[1].

Encore une fois, *Ruy Blas* se fait l'écho de cette prise de position. Si chaque acte pris isolément s'inscrit dans un continuum temporel relativement

1. Victor Hugo, Préface de *Cromwell*, *Théâtre complet*, *op. cit.*, p. 429.

restreint (l'aube au premier acte, un après-midi ensoleillé au deuxième, l'heure de la réunion des ministres et les moments qui lui succèdent immédiatement au troisième acte, l'aube au quatrième, la nuit au cinquième), l'action de la pièce prise dans son ensemble, en revanche, se déroule sur une durée beaucoup plus vaste, dont les différents actes ne sont que les jalons les plus importants. Ainsi, il s'écoule approximativement un mois entre les actes I et II : on apprend à l'acte II, scène 2 (« Hélas ! depuis un mois je dis toujours cela », v. 211), que la reine détient depuis longtemps le billet évoqué par Ruy Blas à l'acte I, scène 3 (« Même, hier, j'osai mettre/Dans le bouquet, – vraiment, plains-moi, frère ! – une lettre ! », v. 405-406). Il ne s'écoule pas moins de six mois entre les actes II et III : on l'apprend de don Manuel Arias, qui s'extasie de l'ascension fulgurante du pseudo-César (« En six mois ! », III, I, v. 4). Une nuit s'écoule entre les actes III et IV (le rideau de l'acte III tombe après le rendez-vous donné par don Salluste à Ruy Blas pour le lendemain) et une journée entre les actes IV et V (qui se déroulent l'un à l'aube, l'autre à la nuit tombée du même jour).

Il va sans dire que la durée de l'action ainsi représentée excède très largement les vingt-quatre heures. L'affranchissement des contraintes classiques est ici encore beaucoup plus spectaculaire qu'en ce qui concerne l'unité de lieu (laquelle se trouve somme toute maintenue, pourvu qu'on en accepte l'élargissement à l'espace d'une ville entière). Il n'est plus question, désormais, de ces accumulations spectaculaires de péripéties en une seule journée qui caractérisaient les tragédies du XVIIe siècle. Le temps n'est plus compté. La fonction des indications temporelles est désormais moins réaliste que symbolique. Ainsi, *Ruy Blas* s'ouvre sur une aube (en accord tant avec le début de la représentation qu'avec la nouvelle vie qui s'offre à Ruy Blas) et se clôt dans les ténèbres (au diapason du dénouement tragique de l'intrigue). De même, la « belle journée d'été » de l'acte II est propice au surgissement de l'amour, comme « le matin » dans la chambre sombre de don Salluste l'est aux méprises et aux quiproquos de l'acte IV.

Maintien de l'unité d'action ?

L'unité d'action n'est pas aussi maltraitée. Hugo, on l'a vu, la met hors de cause. Que l'ensemble des péripéties représentées aient pour obligation de se rattacher d'une façon ou d'une autre au fil de l'intrigue principale, cela va pour lui de soi : la cohérence de la pièce tout entière en dépend.

L'intrigue de *Ruy Blas* est révélatrice de cette importance de premier plan concédée à l'unité d'action : les deux fils que l'on serait tenté de distinguer, l'amour de Ruy Blas pour la reine d'une part, la vengeance de don Salluste d'autre part, sont en réalité liés l'un à l'autre. À bien y regarder, en effet, l'intrigue amoureuse est subordonnée à celle de la machination ourdie par don Salluste : elle n'en est qu'un aspect, un moment, puisque Ruy Blas reste jusqu'au dénouement le « pion » de don Salluste dans la réalisation d'un dessein qui dépasse le domestique et lui reste longtemps inconnu.

Mais tous les contemporains de Hugo ne partagent pas son relatif « conservatisme » en matière d'intrigue. Musset, notamment, livre avec *Lorenzaccio*, en 1834, un drame dans lequel on peut repérer jusqu'à trois actions concurrentes, liées aux projets concomitants de trois personnages distincts qui sont la marquise de Cibo, Pierre Strozzi et Lorenzo. La première veut convertir le duc de Médicis, le deuxième le renverser par le moyen d'une insurrection et le troisième l'assassiner pour répondre à une nécessité qui, au fil de la pièce, devient moins politique que personnelle. Chacun de ces personnages agit isolément des autres, et les trois fils alternent, conférant à l'action du drame un aspect fragmenté, dispersé, presque kaléidoscopique.

L'IRRUPTION SUR SCÈNE DE L'HISTOIRE

Un autre principe de la nouvelle esthétique dramatique trouve une bonne illustration dans *Ruy Blas* : l'abandon des sujets mythologiques (fréquents dans le théâtre de Racine, par exemple) au profit de la représentation de l'histoire. Le théâtre, de l'avis des romantiques, ne peut plus s'abstenir de rendre compte des grands bouleversements qui affectent le monde à travers les siècles. Musset, en choisissant la Florence des Médicis[1], Hugo, en plaçant son drame dans l'Espagne décadente de Charles II (après celle de Charles Quint dans *Hernani* et l'Angleterre dans

1. Cette Florence évoque d'ailleurs fréquemment, comme l'Espagne de la fin du XVIIe siècle choisie par Hugo dans *Ruy Blas*, le Paris de 1830.

Cromwell et *Marie Tudor*), entendent faire enfin monter sur scène les acteurs les plus humbles de l'histoire.

Sur le plan dramatique, cette volonté se traduit par une attention accrue à la fidélité historique (voir « Sources et genèse de l'œuvre », pp. 201-202), par le recours de plus en plus fréquent à ce que les auteurs d'alors appellent la « couleur locale », ensemble de détails destinés à restituer autant que possible l'atmosphère et le cadre d'une époque, mais aussi par une adaptation du système des personnages aux nouvelles exigences de vérité historique. Il suffit, pour vérifier ce dernier point, de se reporter à la liste des personnages de tout drame romantique. Le bouleversement des usages de la tragédie classique est immédiatement sensible : prolifération des personnages secondaires (nobles de cour, ministres, duègnes, alcades dans *Ruy Blas*), coexistence au sein d'une même liste de personnages de conditions variées (nobles, bourgeois, peintre, domestiques dans *Lorenzaccio*), apparition d'une foule de figurants qui visent moins à remplir la fonction d'« utilités » qu'à produire de véritables tableaux et à créer un effet de réel historique (ce sont les « dames, seigneurs, conseillers privés, pages, duègnes, alguazils, gardes, huissiers de chambre et de cour » évoqués avec désinvolture par Hugo dans les dernières lignes de la liste des personnages de *Ruy Blas*).

Mais l'histoire ne doit plus seulement fournir au drame un décor. Il faut qu'elle suscite une véritable réflexion. Ainsi, *Ruy Blas* peut se lire comme une interrogation sur le devenir politique du peuple, *Lorenzaccio* comme une méditation sur le sens de l'histoire.

La vision de l'histoire présentée par le drame romantique est généralement pessimiste : s'y reflètent les désillusions de toute une génération qui a assisté successivement à la faillite des idéaux de la Révolution, à la récupération des émeutes de 1830 par les Orléans et à la répression de la révolte des canuts lyonnais en 1832 (voir « Le contexte culturel », pp. 198-199). Le destin de Ruy Blas se fait à sa manière l'écho de ce monde désenchanté : à l'ascension du « peuple » succède irrémédiablement sa chute. Pire, l'accès au pouvoir n'est rendu possible que par le travestissement et la trahison de soi.

UNE ESTHÉTIQUE DU MÉLANGE

La dernière grande nouveauté introduite par les romantiques concerne la séparation des genres. Le classicisme voulait, conformément aux prescriptions aristotéliciennes, que comédie et tragédie constituent deux genres soigneusement distincts et définis chacun de manière rigoureuse. La tragédie, on l'a vu, mettait en scène des personnages de condition prestigieuse, parlant un langage noble ; elle se refermait sur la mort d'un ou de plusieurs personnages et visait d'abord à émouvoir. La comédie montrait au contraire des personnages de condition modeste, parlant un langage plus familier ; elle se dénouait conventionnellement par un mariage et avait une fonction avant tout satirique : elle devait corriger les mœurs par la raillerie. La frontière était stricte entre les deux genres, leurs champs respectifs précisément délimités et personne ne songeait à l'âge classique à remettre en question ce partage.

L'association du tragique et du comique

À partir de 1825 pourtant, la légitimité de cette séparation est de plus en plus contestée. Pourquoi une même pièce n'aurait-elle pas le droit d'émouvoir et de faire rire tout à la fois ? Pour quelle raison devrait-on s'interdire de faire coexister sur scène manants et nobles, bourgeois et héros de lignée princière ? Dans ce domaine, les romantiques en appellent à la vraisemblance : puisque dans la vie les genres voisinent, le théâtre se doit de les représenter simultanément, sur le même plateau. La nouvelle génération de dramaturges dispose d'un devancier illustre : Shakespeare. Ses *histories*, série d'une dizaine de drames retraçant plusieurs siècles de l'histoire d'Angleterre, mêlent relation de grands événements (batailles sanglantes, changements de dynasties, régicides) et intermèdes comiques, voire farcesques, par exemple autour de la figure de Falstaff, dans *Henry IV*.

Le mélange des genres et des registres finit donc par devenir une règle du drame romantique. On en perçoit largement les effets dans *Ruy Blas* : non seulement des personnages de conditions très variées s'y mêlent (ce mélange atteignant son comble avec la liaison qui unit la reine à Ruy Blas), mais les registres les plus divers y voisinent. Cette juxtaposition s'observe à l'échelle de l'ensemble de la pièce (l'acte IV, bouffon de la scène 2 à la scène 8, s'oppose par exemple au tragique de l'acte V), mais aussi à l'intérieur de chaque acte : ainsi, don César, qui personnifie pourtant (selon la Préface de Hugo) « la comédie », devient à son insu le complice de don Salluste et fait basculer l'intrigue vers un dénouement funeste à la fin de l'acte IV. Tragique et comique ne se contentent donc pas de coexister : entre les deux registres s'établit une articulation intime qui fait que l'un n'occupe jamais longtemps le premier plan sans provoquer par un mouvement de balancier le retour de son contraire.

Cette exigence de représentation de la diversité du réel vaut également pour les niveaux de langue : à côté des épanchements nobles de la passion amoureuse (dont le monologue de Ruy Blas, à la scène 4 de l'acte III, constitue peut-être la meilleure illustration), on trouve, notamment dans la bouche de don César, les mots les plus prosaïques (« grosse ville », « mur », « hangar », « cheminée », « toit », pour les seuls vers 83 à 93, à la scène 2 de l'acte IV).

Le sublime et le grotesque

Ce mélange omniprésent des registres prend chez Hugo une dimension particulière. Il le mentionne souvent, notamment dans la Préface de *Cromwell*, quand il évoque le nécessaire rapprochement de deux notions qui lui sont chères, le sublime et le grotesque :

> C'est de la féconde union du type grotesque au type sublime que naît le génie moderne, si complexe, si varié dans ses formes, si inépuisable dans ses créations, et bien opposé en cela à l'uniforme simplicité du génie antique[1].

Ces deux catégories sont à la base de l'esthétique hugolienne : bien qu'antinomiques, le sublime et le grotesque ne sont pas coupés l'un de l'autre ; situés chacun à une extrémité de la création, ils sont liés par une solidarité intime qui fait que le grotesque peut à tout moment devenir sublime.

C'est d'une certaine façon le sujet de *Ruy Blas*, qui montre la transfiguration d'un laquais en monarque. De Ruy Blas domestique à Ruy Blas duc d'Olmedo, du « ver de terre amoureux d'une étoile » (II, 2, v. 214) au ministre admiré de la reine, il y a chaque fois un abîme : le grotesque est

1. Victor Hugo, Préface de *Cromwell*, *Théâtre complet*, *op. cit.*, p. 417.

porteur de désordre, il oblige à remettre en question les hiérarchies établies, et son caractère monstrueux en fait un principe de contestation à la fois idéologique et esthétique.

La tension entre sublime et grotesque a son pendant stylistique : l'antithèse, figure de prédilection de Hugo. Elle structure de nombreux vers, le plus souvent à travers l'opposition des deux hémistiches : « Sous l'habit d'un valet les passions d'un roi ! » (I, 3, v. 440) ; « J'étais tourné vers l'ange et le démon venait » (III, 5, v. 332) ; « Que ce pauvre laquais bénisse cette reine » (V, 4, v. 230), etc. Elle se traduit également par la coexistence, dans la pièce, de deux registres antinomiques : l'un bouffon ou farcesque, comme dans le long monologue de don César à la scène 2 de l'acte IV (avec le motif prosaïque du repas et de la boisson, tout à fait contraire à la bienséance), l'autre sublime, comme dans le long réquisitoire contre les ministres à la scène 2 de l'acte III. Hugo n'hésite pas, dans les passages triviaux, à rompre la coïncidence du mètre et de la syntaxe et à rapprocher le vers de la prose par de nombreux enjambements ou rejets, comme au début de la pièce : « L'aventure est secrète/Encor, n'en parle pas » (v. 5-6). Dans les passages sublimes, au contraire, il ne se prive pas de recourir à tous les effets de parallélisme et de symétrie que permet l'alexandrin, vers épique par excellence : « Donc vous n'avez pas honte et vous choisissez l'heure,/L'heure sombre où l'Espagne agonisante pleure ! » (III, 2, v. 81-82). Ainsi le balancement régulier du vers 81, avec les deux propositions coordonnées autour de la césure, est-il encore renforcé par la reprise de la fin du second hémistiche au début du vers 82, qui crée un effet de rime batelée.

L'influence du mélodrame

Outre les caractéristiques habituelles du drame romantique, *Ruy Blas* présente un trait spécifique : l'influence du mélodrame. De nombreux traits de la pièce de Hugo rappellent en effet ce genre à visée moralisante, représenté surtout à l'époque par Pixérécourt (1773-1844) et marqué par une codification des rôles et un manichéisme extrêmes. Des *Ruines de Babylone* (1810) à *Latude ou Trente-Cinq Ans de captivité* (1834), les pièces de Pixérécourt offrent toujours la même intrigue type : une jeune fille est convoitée par un traître sans scrupules ; le père de celle-ci se laisse tromper, bafouer, ruiner par l'hypocrite ; mais alors un héros pur et désintéressé, affublé d'un compagnon invariablement bouffon, se dresse contre le traître, le démasque et, malgré les maladresses de son allié, rétablit l'honneur et les droits du père trahi.

Il ne fait aucun doute que le personnage de don Salluste emprunte sa méchanceté superlative au traître du mélodrame, tandis que Ruy Blas en incarne le héros, don César le bouffon maladroit, la reine enfin la jeune victime du traître. Les nombreux coups de théâtre ménagés par Hugo ne sont pas non plus sans évoquer le goût du suspens cher aux auteurs de mélodrame. Et même le comédien choisi par Hugo lors de la création de la pièce, en 1838, va dans le sens de ce rapprochement : Frédérick Lemaître, révélé par le boulevard, prodigieux Robert Macaire de *L'Auberge des Adrets* (1823), était alors connu avant tout en tant que maître incontesté du mélodrame.

Toutefois, *Ruy Blas* n'est pas un mélodrame proprement dit. L'absence de visée moralisante et le refus du manichéisme trop simpliste (don Salluste est à la fois adjuvant et opposant de Ruy Blas amoureux ; don César précipite malgré lui les amants dans le piège du marquis) interdisent de l'enfermer dans ce genre alors en vogue.

UNE « RÉVOLUTION » ?

On ne saurait nier la réalité du bouleversement provoqué par l'apparition du drame romantique en France dans la première moitié du XIXe siècle. Brouillage des frontières entre les genres, contestation des unités, intégration de genres beaucoup plus populaires comme le mélodrame : les ruptures par rapport à l'esthétique classique héritée du XVIIe siècle sont nombreuses et tangibles.

Toutefois, il importe de voir aussi les limites de la révolution opérée par les romantiques. D'une part, leur stratégie de rupture, dans la mesure où elle se construit contre le système classique, est étroitement liée à ce dernier et en prolonge les préoccupations. Les classiques prônaient le respect des unités, les romantiques recommandent leur transgression : des uns aux autres, c'est bien la question des unités qui continue de nourrir la réflexion et d'orienter la création. D'autre part, toutes les règles classiques ne sont pas également contestées : on a vu que Victor Hugo, dans la Préface de *Cromwell*, défendait l'unité d'action au nom de la vraisemblance générale du drame. À cette continuité dans les prises de position théoriques s'en ajoute une autre, qui tient à l'écriture théâtrale même : le groupement de textes qui suit va permettre d'apercevoir combien, de la dramaturgie classique à la dramaturgie romantique, les procédés fondamentaux utilisés par les auteurs demeurent inchangés.

GROUPEMENT DE TEXTES : LE FONCTIONNEMENT DU DRAME ROMANTIQUE

TEXTE 6 • *Ruy Blas*, acte I, scène 1

Ruy Blas, fermez la porte [...] Est-ce qu'ils se connaissent ?

> VERS 1-62, PAGES 20-23

L'exposition

L'exposition sert traditionnellement à informer le spectateur sur l'état de l'action au moment du lever de rideau. Elle lui fournit aussi les éléments nécessaires à la compréhension de la situation dans laquelle se trouvent les différents personnages au début de la pièce, sans pour autant nuire à la vraisemblance de la situation. Une exposition réussie lance l'action de manière à la fois efficace et naturelle.

1. Examinez la répartition de la parole entre les différents personnages. Quel est le nombre de vers prononcés par chacun ? En quoi ce déséquilibre est-il vraisemblable ?

2. Examinez le jeu de scène et les répliques de Ruy Blas (leur contenu, mais aussi leur volume et leur place). Pourquoi cette scène surprend-elle le spectateur ?

3. Examinez le rapport de forces entre don Salluste d'une part, Gudiel et Ruy Blas d'autre part. En quoi cette situation rappelle-t-elle le début de très nombreuses tragédies et comédies classiques ? (Pensez par exemple aux *Fourberies de Scapin* de Molière, ou encore à *Phèdre* de Racine. Quelles commodités offre-t-elle ?

TEXTE 7 • *Ruy Blas*, acte I, scène 1

Ah ! c'est un coup de foudre ! [...] de la foule !

> VERS 3-22, PAGE 20

TEXTE 8 • *Ruy Blas*, acte I, scène 5

Souffrez qu'à Votre Grâce [...] il est aussi le mien.

> VERS 518-548, PAGES 51-53

La double énonciation

Le fonctionnement du théâtre repose sur la double énonciation, ou double destination. Chaque comédien, lorsqu'il parle, s'adresse simultanément à deux types d'interlocuteurs : d'une part les autres comédiens qui se trouvent sur scène, avec lesquels la fiction veut que son personnage dialogue ; d'autre part le public, puisque c'est à ce dernier qu'en définitive le spectacle est destiné.

1. Relevez, dans le texte 7, deux exemples de répliques qui sont à l'évidence moins destinées à Gudiel qu'au public. Pourquoi la double destination est-elle particulièrement repérable dans cette scène ?

2. Examinez attentivement le texte 8. En quoi peut-on parler, dans le dialogue de don Salluste avec le marquis (notamment aux vers 525-532), de « triple énonciation » ? Quel effet cette situation produit-elle ?

TEXTE 9 • *Ruy Blas*, acte III, scène 5

Bonjour [...] De quoi vous mêlez-vous ?

> VERS 328-415, PAGES 113-118

L'importance des didascalies et du jeu de scène

Par le terme « didascalies », on désigne l'ensemble des indications de mise en scène données par le dramaturge en italique. Ces indications ne sont jamais (sauf exception ou parti pris « moderniste ») dites par les comédiens lors de la représentation.

1. Quelle est la fonction de la didascalie qui précède la réplique de Ruy Blas, au vers 355 (« *se rassurant un peu* ») ? Quelle est la fonction de la didascalie précédant le « Bonjour » de Salluste, au début de la scène (« *posant la main sur l'épaule de Ruy Blas* ») ? Et de celles précédant les vers 337 (« *Il se couvre. Ruy Blas reste tête nue* ») et 344 (« *Il s'assied dans un fauteuil, et Ruy Blas reste debout* ») ?

2. Quelles sont, selon vous, parmi les didascalies que l'on vient de citer, celles dont la suppression entraînerait la plus grande perte de sens ? Pour quelle raison ?

TEXTE 10 • *Ruy Blas*, acte IV, scène 1

Que faire ? [...] Oui, don Guritan l'aime !

> VERS 1-41, PAGES 126-127

TEXTE 11 • *Ruy Blas*, acte IV, scène 2

Tant pis ! c'est moi ! [...] César !

> VERS 72-160, PAGES 129-134

Le monologue

Pour qu'il y ait monologue, il faut en principe que le personnage locuteur soit seul sur scène. On distingue habituellement plusieurs types de monologues, dont les principaux sont le monologue expressif (dans lequel le personnage épanche ses sentiments : colère, angoisse, bonheur, inquiétude, douleur selon les cas) et le monologue délibératif (où le héros s'efforce de décider quelle conduite adopter face à un événement ou une menace).

1. Peut-on parler de monologues à propos des textes 10 et 11 ? Pourquoi ? Quel est l'effet produit dans chaque cas ?

2. Les textes 10 et 11 sont-ils expressifs ou délibératifs ? Quels indices vous permettent de l'affirmer ?

3. Par quels procédés Hugo s'efforce-t-il, dans chacun des deux textes, de déjouer l'ennui que risque de produire la forme du monologue ?

4. Examinez les liens logiques et la syntaxe des phrases dans la tirade de Ruy Blas (texte 10). En quoi rendent-ils compte de l'état psychologique du personnage à ce moment de l'intrigue ?

TEXTE 12 • *Ruy Blas*, acte V, scène 3

Cet homme est en effet mon valet. [...] Tu meurs puni !

> VERS 139-196, PAGES 179-183

Le mélange des genres

1. À quel genre populaire les vers 195-196 et le jeu de scène qui les accompagne vous font-ils penser ? Pourquoi ?

2. Ce passage vous paraît-il en accord avec les contraintes de la bienséance ? Pourquoi ?

3. Le niveau de langue employé par don Salluste et Ruy Blas, en particulier aux vers 186-196, est-il conforme aux exigences de la tragédie classique ? Quels éléments vous permettent de l'affirmer ?

TEXTE 13 • *Ruy Blas*, acte V, scène 4

Maintenant, madame [...] Merci !

> VERS 197-236, PAGES 183-186

Le sublime et le grotesque

1. Un vers résume à lui seul toute la distance sociale qui sépare Ruy Blas et la reine. Lequel ?

2. Relevez dans le texte au moins deux autres alexandrins construits autour d'une antithèse.

3. Cette scène montre-t-elle Ruy Blas sous les traits d'un personnage sublime ou d'un personnage grotesque ? Vous justifierez votre réponse dans un paragraphe argumenté de quelques lignes.

VERS L'ÉPREUVE

ARGUMENTER, COMMENTER, RÉDIGER

L'étude de l'argumentation dans l'œuvre intégrale privilégie deux objets :

- L'argumentation dans l'œuvre. *Chaque genre littéraire, chaque œuvre intégrale exprime un point de vue sur le monde. Un roman, une pièce de théâtre, un recueil de poésies peuvent défendre des thèses à caractère esthétique, politique, social, philosophique, religieux, etc. Ordonner les épisodes d'une œuvre intégrale, élaborer le système des personnages, recourir à tel ou tel procédé de style, c'est aussi, pour un auteur, se donner les moyens d'imposer un point de vue ou d'en combattre d'autres. Ce premier aspect est étudié dans une présentation synthétique adaptée à la particularité de l'œuvre étudiée.*

- L'argumentation sur l'œuvre. *Après publication, les œuvres suscitent des sentiments qui s'expriment dans des lettres, des articles de presse, des ouvrages savants… Chaque réaction exprime donc un point de vue sur l'œuvre, loue ses qualités, blâme ses défauts ou ses excès, éclaire ses enjeux. Une série d'exercices permet d'analyser des réactions publiées à différentes époques, dans lesquelles les lecteurs de l'œuvre, à leur tour, entendent faire partager leurs enthousiasmes, leurs doutes ou leurs réserves.*

Quelle vision du monde, quelles valeurs une œuvre véhicule-t-elle, et comment se donne-t-elle les moyens de les diffuser ? Quelles réactions a-t-elle suscitées, et comment les lecteurs successifs ont-ils voulu imposer leur point de vue ? L'étude de l'argumentation dans l'œuvre et à propos de l'œuvre permet de répondre à cette double série de questions.

L'ARGUMENTATION DANS *RUY BLAS*

« On peut prendre plusieurs vues d'une idée comme d'une montagne, écrit Hugo dans la Préface de la pièce. Cela dépend du lieu où l'on se place. » Lui-même propose trois entrées dans *Ruy Blas* : « historique »,

« humaine » et « littéraire » (Préface, pp. 13-14). On envisagera donc successivement la portée politique, morale et esthétique de la pièce.

On verra ensuite que cette portée argumentative n'est pas seulement à chercher dans le contenu des répliques : elle est également servie par tout un système d'échos et d'antithèses qui lui donnent force. Ainsi, le jeu de contrastes entre le billet de Ruy Blas (II, 2, v. 212-216) et celui du roi (II, 3, v. 232) ou entre don Salluste en habit de marquis à l'acte I et en livrée à l'acte III, par exemple, n'est nullement fortuit : il contribue à la clarté du discours, à la mise en relief des renversements de l'intrigue et, finalement, à l'intensité de l'impression produite sur le spectateur.

POLITIQUE, MORALE ET ESTHÉTIQUE DANS *RUY BLAS*

La leçon politique

Le premier point de vue évoqué par Hugo est celui de la « philosophie de l'histoire » (Préface, l. 82). Dans cette perspective, don Salluste représente la première moitié de la noblesse espagnole de la fin du XVIIe siècle, ambitieuse et cupide ; César « l'autre moitié de la noblesse, la meilleure et la mieux née », aventurière et désargentée ; Ruy Blas, enfin, le peuple, « orphelin, pauvre, intelligent et fort » (Préface, pp. 9-12).

Ainsi comprise, la pièce propose bel et bien une réflexion politique, dont la portée est double : réflexion sur le bon gouvernement d'un pays d'abord, interrogation sur les chances d'émancipation du peuple ensuite.

• La condamnation d'un régime

Ruy Blas se réfère à un état très précis de la société d'Ancien Régime : le moment qui précède immédiatement l'implosion du système. L'Espagne dépeinte dans la pièce est sur le déclin. L'intrigue ne se déroule que deux ans avant le déclenchement, en 1701, de la guerre de succession qui conduira à la chute des Habsbourg. Il s'agit pour Hugo de décrire la fin d'un régime rongé par la corruption. Les deux premières scènes de l'acte III indiquent clairement l'impasse où se trouve la monarchie espagnole, privée de véritable dirigeant et déchirée en une myriade d'intérêts particuliers.

Face à la vénalité des ministres occupés à se disputer les deniers publics, le long réquisitoire du héros, qui s'ouvre par : « Bon appétit, messieurs ! » (III, 2, v. 78), déborde le strict cadre historique de l'Espagne du XVIIe siècle.

C'est la condamnation d'un certain type de gouvernement, caractérisé à la fois par son impuissance militaire, fruit de la corruption de ses dirigeants, et par la force oppressive qui pèse sur le peuple :

> Pour vous, pour vos plaisirs, pour vos filles de joie,
> Le peuple misérable, et qu'on pressure encor,
> A sué quatre cent trente millions d'or ! (III, 2, v. 114-116)

Hugo livre ainsi, en creux, une conception personnelle du bon gouvernement et suggère la nécessité d'un pouvoir disposant d'une véritable autorité, capable de résister à l'ennemi étranger et de faire barrage aux « routiers, reîtres » (v. 118) qui « Vont battant le pays et brûlant la moisson » (v. 119).

Par-delà la référence à Charles Quint, on devine la nostalgie d'une grandeur passée qui, pour Hugo et nombre de ses contemporains, s'identifie à celle de l'empire napoléonien : c'est ici le Hugo patriote qui parle, le Hugo soucieux de l'honneur de la France et révolté par la politique conservatrice, introvertie et sans ambition de Louis-Philippe. Le Hugo philanthrope aussi, que scandalise la misère des classes laborieuses réduites à une condition inacceptable. En 1838, il n'est pas encore le républicain qu'il deviendra en 1848, et moins encore l'adversaire irréductible qui tiendra tête à « Napoléon-le-Petit » après le coup d'État de 1851. Il n'a pas encore l'audace d'envisager le pouvoir politique autrement que sous la forme de la monarchie : le fameux « Lève-toi ! » (III, 2, v. 161) qui dans *Châtiments* (1853) s'adressera au peuple opprimé par le tyran n'est pour le moment lancé qu'au puissant empereur espagnol de jadis. Mais l'on sent déjà poindre la révolte de l'homme épris de justice devant l'indigence du peuple et la corruption des puissants.

- Une interrogation sur le devenir du peuple en tant qu'acteur politique

À la question soulevée par la pièce au sujet du bon gouvernement s'en ajoute une seconde, qui concerne plus particulièrement le peuple en tant qu'acteur du jeu politique : celle que pose le « génie » (Préface, l. 214) du héros, son ascension fulgurante puis sa chute tout aussi brutale.

En montrant tour à tour Ruy Blas au pouvoir, gouvernant avec audace et talent, imposant le respect aux autres ministres, et Ruy Blas déchu, obligé de se suicider, Hugo pointe la contradiction dans laquelle le héros s'est enfermé : il a dû renier sa véritable identité pour accéder au pouvoir, n'est devenu don César qu'en cessant d'être Ruy Blas ; il gouverne avec les mêmes moyens que ses devanciers, participe comme eux, fût-ce malgré lui, à l'inégalité et à l'injustice du système. Par le travestissement, il n'a fait que passer de l'autre côté de la barrière, sans jamais remettre en cause l'existence de celle-ci. Au niveau symbolique, la signification de son ascension est plus complexe qu'elle ne paraît à première vue : elle représente moins l'ascension du peuple en tant que tel que l'accès au pouvoir d'un héros isolé, doué pour la politique mais dépourvu de tout projet révolutionnaire, et qui ne se fait que très fugacement le porte-parole des intérêts du peuple (III, 2, v. 112-117).

La pièce montre donc la révolte d'un personnage contre un gouvernement corrompu, non le soulèvement du peuple contre ses oppresseurs. Il n'est pas question de prôner l'insurrection. Hugo affirme la compétence politique du peuple ; mais le drame se referme sans apporter de réponse à la question des moyens pour le peuple d'accéder véritablement en tant que tel au pouvoir. À aucun moment *Ruy Blas* ne remet en question le système monarchique, et le modèle du bon gouvernement demeure pour Hugo celui de l'empereur éclairé, à la manière de Napoléon et de Charles Quint. Il s'en faut encore de beaucoup pour que la révolte devant le sort injuste des masses débouche sur un rêve démocratique ou républicain.

La leçon morale

Une deuxième interprétation suggérée par Hugo, complémentaire de la première, met l'accent sur la portée morale de la pièce. Don Salluste, don César, Ruy Blas et la reine ne sont regardés ni sous l'angle de leur place dans la société ni sous celui de leur rôle historique, mais simplement comme des caractères différents qui s'affrontent :

> Ce drame [...] offrirait une toute autre figure, si on le considérait [...] du point de vue purement humain. Alors don Salluste serait l'égoïsme absolu, le souci sans repos ; don César, son contraire, serait le désintéressement et l'insouciance ; on verrait dans Ruy Blas le génie et la passion comprimés par la société et s'élançant

> d'autant plus haut que la compression est plus violente ; la reine enfin, ce serait la vertu minée par l'ennui. (Préface, l. 209-217)

Une telle lecture est celle qui rapproche le plus la pièce du genre du mélodrame, puisque ce dernier ignore presque totalement l'histoire pour mettre avant tout l'accent sur la morale. Ainsi le meurtre de don Salluste par son domestique symbolise le châtiment infligé à la perfidie par le « génie » humilié, et les derniers mots de la reine le triomphe de l'amour sur la distance sociale.

Mais la pièce se distingue radicalement du mélodrame (qui met ordinairement en scène « la juste récompense de la vertu et la punition du crime », selon Pixérécourt) par son dénouement tragique. La mort de don Salluste n'enlève rien à la noirceur des dernières scènes : non seulement don César, qui incarnait un indéniable sens de l'honneur, est victime du marquis pour la seconde fois à la fin de l'acte IV, mais ce dernier parvient à faire échouer l'intrigue entre les amants et à acculer Ruy Blas au suicide. On n'est pas loin d'un triomphe pur et simple de la loi du plus fort : don Salluste a successivement raison de tous ses adversaires (don César, Ruy Blas et indirectement la reine), et seule sa mort *in extremis* empêche de parler d'une victoire totale du mal sur le bien.

La leçon morale de *Ruy Blas* est donc complexe. Le mal est puni, comme c'est souvent le cas chez Hugo[1], mais on n'assiste pas pour autant au triomphe de l'amour et du bien. Au contraire : le sort tragique des amants donne l'image éminemment romantique d'un monde où les faibles et les innocents sont fatalement écrasés par les puissants, et où l'amour demeure sans ressources face aux pièges cyniques de l'intérêt et de l'ambition.

Un art poétique ?

La troisième orientation proposée par Hugo porte plus spécifiquement sur les rapports qu'entretiennent les différents genres mêlés dans la pièce :

> Les trois formes souveraines de l'art pourraient y paraître personnifiées et résumées. Don Salluste serait le drame, don César la comédie, Ruy Blas la tragédie.

1. Que l'on pense à Caïn, à Kanut, à Ratbert, ou encore à Ladislas et Sigismond dans *La Légende des Siècles* (1857), tous impitoyablement poursuivis par le châtiment divin.

À quoi l'auteur ajoute ce début d'interprétation :

> Le drame noue l'action, la comédie l'embrouille, la tragédie la tranche. (Préface, l. 219-223)

On comprend que c'est effectivement don Salluste qui enclenche la machinerie tragique en travestissant Ruy Blas en don César ; don César, ensuite, tout au long de la pièce (et surtout à l'acte IV), se débat et ne fait qu'embrouiller, c'est-à-dire resserrer encore, le réseau tendu par don Salluste autour des amants ; Ruy Blas, enfin, à défaut de parvenir à démêler le nœud, le tranche en donnant la mort à don Salluste et en se suicidant.

Mais sans doute faut-il aller jusqu'à interpréter ces phrases de Hugo dans un sens normatif et les lire comme un véritable « art poétique », c'est-à-dire comme un manifeste affirmant la légitimité d'une méthode créative bien spécifique. À travers la primauté du personnage de don Salluste (nommé en premier dans la citation et personnage éponyme du premier acte), Hugo nous livre peut-être une indication quant à sa conception personnelle du drame : ce dernier ne se caractérise pas seulement par la coexistence de la tragédie et de la comédie, il est la fusion de ces deux genres et doit s'affirmer comme tel dès le lever du rideau. Si c'est d'emblée le personnage hybride de don Salluste, figure désignée du drame, qui occupe le devant de la scène, c'est qu'il importe de mettre d'abord l'accent sur la sublimation de la comédie et de la tragédie en un genre mixte inédit. La spécificité de la comédie et de la tragédie peut certes s'affirmer à travers les figures de don César et de Ruy Blas, mais c'est seulement dans un second temps : la comédie pour procurer une détente, un intermède ludique au cœur de la pièce, la tragédie dans le dénouement, qu'elle drape de toute sa sombre grandeur.

LE RÔLE DES STRUCTURES DE L'ŒUVRE DANS L'ARGUMENTATION

On aurait tort de réduire la dimension argumentative de la pièce au seul contenu des répliques prêtées par l'auteur aux personnages. Si la grande tirade de Ruy Blas, à la scène 2 de l'acte III, est indéniablement un moment clé de l'argumentation, celle-ci emprunte également d'autres voies, moins directes sans doute, mais peut-être non moins efficaces.

On peut en citer deux principales qui, par le relief qu'elles donnent à l'intrigue, facilitent la réception de l'argument de la pièce par le spectateur : la structuration du système des personnages par l'antithèse et le recours aux échos.

Les couples de personnages

Les personnages de Ruy Blas vont par couples antithétiques : don Salluste est le négatif de Ruy Blas (tant par la condition sociale que par le caractère individuel) en même temps que celui de don César (ce qui est plus paradoxal, puisque les deux cousins devraient être rapprochés par leur rang). Ces oppositions ont, du point de vue de l'argumentation, l'avantage de l'éloquence. Elles donnent lieu à de grandes scènes d'opposition – on en relève deux entre don Salluste et Ruy Blas (III, 5 et V, 3), deux également entre don Salluste et don César (I, 2 et IV, 7) – et renforcent la clarté du discours en organisant ce dernier de façon binaire : les valeurs se répartissent nettement entre les protagonistes (don Salluste incarnant la perfidie et la bassesse en face du sens de l'honneur de don César, la cruauté en face de l'innocence et de la vertu sublime de Ruy Blas) et la portée morale de la pièce y gagne en lisibilité.

Le recours aux échos

Un certain nombre d'échos soigneusement ménagés par Hugo jouent un rôle similaire. Le meilleur exemple en est sans doute, à la scène 3 de l'acte II, le billet que reçoit la reine de son époux parti chasser (v. 232-233) : il répond sur le mode grotesque au billet sentimental envoyé par Ruy Blas à la reine, et lu par celle-ci au public à la scène précédente (v. 212-216). Le contraste, creusé par Hugo au point de faire rire, sert merveilleusement le dessein de l'auteur : on ne saurait rêver moyen plus efficace de signifier au spectateur la nullité du roi comparé au héros.

Même jeu à propos de la livrée portée par Ruy Blas au début de l'acte I, que l'on retrouve sur don Salluste à l'acte III, puis de nouveau sur Ruy Blas à l'acte V : il s'agit chaque fois d'exprimer avec force un état de l'action, d'en rappeler sur un mode particulièrement éloquent les données au spectateur.

L'antithèse comme « forme-sens [1] »

On pourrait multiplier les exemples de mises en relief de l'argumentation qui s'appuient sur de semblables parallèles. L'important est de voir que le recours aux échos relève en réalité du même procédé fondamental que la répartition des personnages en couples. Dans les deux cas, il s'agit d'opposer pour mieux structurer.

Nombre de commentateurs ont ainsi attiré l'attention sur l'importance de l'antithèse chez Hugo : de l'alexandrin, souvent partagé en deux hémistiches qui s'opposent, au système des personnages dans son ensemble, en passant par le jeu des échos entre épisodes, elle est, plus qu'une simple figure, ce que Meschonnic appelle une « forme-sens », une structure profonde de l'imaginaire hugolien. Que ce soit pour opposer tragique et comique, ombre et lumière, sublime et grotesque ou infiniment grand et infiniment petit, un même constat s'impose : Hugo pense par couples antithétiques, et son paysage mental est essentiellement un paysage de contrastes.

GROUPEMENT DE TEXTES : JUGEMENTS CRITIQUES

Les jugements et réflexions réunis ci-dessous ont été formulés à différentes époques par des écrivains ou critiques. Lisez-les et répondez aux questions posées.

TEXTE 14 • Jules Janin, *Le Journal des débats* (12 novembre 1838)

Réagissant à la première représentation de *Ruy Blas* au théâtre de la Renaissance, le 8 novembre 1838, le critique émet sur la pièce le commentaire suivant.

> Hugo sait à merveille comment une idée se met à profit, comment on tire d'une situation dramatique tout ce qu'elle peut donner, et enfin, comment de beaux vers bien amenés peuvent au besoin remplir une scène vide.

1. Henri Meschonnic, *Pour la poétique I*, coll. « Le Chemin », Paris, Gallimard, 1970.

1. Ce jugement est complexe. Expliquez-le brièvement.

2. Constitue-t-il un éloge ou un blâme ? Pourquoi ?

TEXTE 15 • Armand Rolle, *Le National* (12 novembre 1838)

Toujours au lendemain de la création de la pièce, Rolle se moque de la scène mouvementée où la reine se penche sur Ruy Blas évanoui pour lui faire respirer un flacon qu'elle conserve dans sa gorgerette (acte II, scène 3).

> Un morceau de dentelle établit l'identité. Ce détail de toilette fait peu d'honneur à l'élégance de Ruy Blas ; il prouve que devenu grand d'Espagne, il a gardé sa chemise de laquais.

1. La conclusion tirée par Rolle à propos de la présence du morceau de dentelle est-elle fondée ? Pourquoi ?

2. Quelle règle Rolle reproche-t-il implicitement à Hugo d'enfreindre dans la scène en question ?

TEXTE 16 • Article paru dans *L'Estafette* (12 novembre 1838)

Toujours au lendemain du 8 novembre, on trouve dans les colonnes de *L'Estafette* le jugement suivant.

> Jamais œuvre française ne s'est éloignée davantage des formes et procédés de la tragédie et n'a pu servir à tracer entre les deux genres (drame moderne et tragédie) une délimitation plus formelle : singulière et puissante composition mêlée d'histoire et de roman, de rires et de larmes, de rêverie et de vérité.

1. Ce jugement relève-t-il du blâme ou de l'éloge ? Pourquoi ?

2. « Histoire et roman », « rires et larmes », « rêverie et vérité » : montrez, exemples à l'appui, que ces trois mélanges sont effectivement présents dans *Ruy Blas*.

3. « Jamais œuvre française ne s'est éloignée davantage des formes et procédés de la tragédie. » Partagez-vous cette opinion ? Pourquoi ?

TEXTE 17 • Émile Zola, *Le Naturalisme au théâtre* (1880)

On lit, dans l'un des articles critiques que Zola fait paraître en 1880, cette note relative à *Ruy Blas* (qui venait d'entrer au répertoire de la Comédie-Française).

Quelle brusque et prodigieuse fanfare que ces vers de Victor Hugo ! Ils ont éclaté comme un chant de clairon au milieu des mélopées sourdes et balbutiantes de la vieille école classique. C'était un souffle nouveau, une bouffée de grand air, un resplendissement de soleil. Et ils restent aujourd'hui, ils resteront toujours des bijoux ciselés avec un art exquis. Au détour d'un hémistiche, au coin d'une césure, il y a de soudaines échappées ; c'est un paysage qui se déroule. Oui, musique, lumière, couleur, parfum, tout est là. Les vers de Hugo sentent bon, ont des voix de cristal, resplendissent dans de l'or et de la pourpre.

1. Quelle figure de style est utilisée à plusieurs reprises dans ce texte ? Repérez les différents champs lexicaux mobilisés. Quel effet produisent-ils sur le lecteur ?

2. Que pensez-vous de la justification que Zola apporte à son point de vue ? Trouvez-vous qu'elle soit convaincante ? Pourquoi ?

TEXTE 18 • Anne Ubersfeld, *Le Roi et le Bouffon* (1973)

Paris, Corti, 2001, pp. 605-606

Il est un mythe par lequel Hugo désigne l'articulation du mal historique et du mal individuel, c'est-à-dire cette fatalité qui fait de l'homme un coupable et/ou une victime. C'est le mythe de Caïn. Il permet à Hugo de tenir le mal de la conscience individuelle, le mal « moral » issu des passions, comme l'envers du mal historique, celui qui promeut les hommes dans le mal social, l'injustice et la violence ; fatalité individuelle, fatalité historique étant comme l'envers et l'endroit de la même trame, Caïn et Abel sont autant victimes de la division du travail qui fait de l'un un pasteur, de l'autre un laboureur, que de la jalousie fraternelle.

Fable exemplaire, puisqu'elle suppose en deçà du fratricide, de la violence du criminel, une injustice préalable, un crime inexplicable, la préférence injuste du Père divin pour l'un des frères –

image de la fatalité porteuse de mort, de l'injustice de l'histoire humaine. Or dans la fable, la victime (Caïn, veux-je dire), celui contre qui a joué la volonté divine, ne peut qu'agir pour rétablir l'équilibre rompu par le Tout-Puissant, et restaurer la justice par la violence. Ainsi est-il conduit au fratricide, qui est – nous le savons depuis Freud – un parricide déguisé.

Sur ce point la position de Ruy Blas est particulière : au départ, il n'est pas fait Caïn par le père ; il serait Caïn par la position humiliée et par l'envie qui le possède, mais soudain il est fait privilégié par opposition à don César, *il devient Abel*. Ou plutôt il est appelé à en jouer le rôle en se faisant le complice d'une injustice plus grande, à la fois Abel, le privilégié, et Caïn, le fratricide. Il n'a donc pas cessé d'être Caïn, et toute la pièce est l'histoire de la récupération, de la revendication du rôle de Caïn, jusqu'à la violence et au meurtre.

1. Reformulez la thèse principale d'Anne Ubersfeld.

2. Pourquoi peut-elle affirmer, au vu de l'intrigue, que Ruy Blas est à la fois Abel et Caïn ?

3. À quel moment du dénouement fait-elle allusion lorsqu'elle écrit que « toute la pièce est l'histoire de la récupération, de la revendication du rôle de Caïn » ?

4. Si l'on suit l'interprétation proposée par Anne Ubersfeld, quel personnage faut-il considérer comme le frère symbolique de Ruy Blas ? Cette interprétation vous paraît-elle convaincante ? Pourquoi ?

5. Le mythe veut que Caïn finisse par tuer son frère Abel. Quel personnage est tué par Ruy Blas dans le dénouement ? La référence au mythe de Caïn permet-elle par conséquent de rendre compte de la pièce jusqu'au bout ?

François Beaulieu dans le rôle de Ruy Blas,
Michel Etcheverry dans le rôle de don Salluste.
Mise en scène de Jacques Destoop, Comédie-Française, 1979.
ph© Agence Bernand

Lambert Wilson dans le rôle de Ruy Blas,
Jean-Claude Drouot dans le rôle de don Salluste.
Mise en scène de Georges Wilson, Bouffes-du-Nord, 1992.
ph© Marc Enguerand

SUJETS

INVENTION ET ARGUMENTATION

Sujet 1

Adèle Hugo rapporte dans *Victor Hugo raconté par un témoin de sa vie* que son mari avait d'abord imaginé pour *Ruy Blas* un début fort différent de celui que nous connaissons : la pièce s'ouvrait sur une scène qui montrait don Salluste, en habit de laquais, ordonnant à Ruy Blas, duc d'Olmedo, de ramasser son mouchoir.
Comparez et discutez les avantages de ce premier projet d'exposition par rapport à celui finalement retenu.

Sujet 2

Un comédien propose de remplacer le dénouement tragique de la pièce par un dénouement heureux. Le metteur en scène s'y oppose. Imaginez les arguments des deux interlocuteurs.

Sujet 3

On vous a confié la mise en scène de l'acte I. Vous écrivez aux costumiers une lettre dans laquelle vous leur conseillez le dépouillement le plus extrême. C'est en effet la fonction symbolique des objets et des vêtements qui vous paraît la plus importante dans *Ruy Blas*.
Vous veillerez à respecter la forme de la lettre et à justifier votre point de vue par des arguments précis.

Sujet 4

Vous venez de réaliser une mise en scène de *Ruy Blas*. À la scène 2 de l'acte III, vous avez pris le parti de faire en sorte que la reine, dissimulée derrière un mur de la salle du conseil, soit visible pour le spectateur dès les premiers mots de la tirade de Ruy Blas. De nombreux détracteurs vous ont reproché de réduire à néant le coup de théâtre que constitue en principe le surgissement de la reine au début de la scène suivante. Ils vous rendent visite à la fin de la représentation. Imaginez le dialogue qui s'engage.

Sujet 5 : analyse d'images (pp. 240-241)

Quelles divergences dans les choix de mise en scène la comparaison de ces photographies suggère-t-elle ? Vous serez notamment attentif(ve) au costume de chacun des comédiens : vous vous efforcerez d'en tirer quelques hypothèses concernant les tendances générales de la mise en scène dont il participe.

COMMENTAIRES

Les extraits choisis pour faire l'objet de commentaires sont accompagnés d'un questionnaire de lecture visant à dégager une cohérence dans l'approche, une problématique possible pour l'analyse du texte et pour la rédaction du devoir.

Sujet 6

TEXTE 19 • *Ruy Blas*, acte I, scène 3

Comment diable as-tu fait ? [...] – Ruy Blas ! –

> VERS 420-449, PAGES 44-45

Après avoir répondu aux questions suivantes, vous rédigerez un commentaire de cet extrait.

Indications pour traiter le sujet

Vous pourrez montrer que cette scène d'aveux entre amis non seulement renferme une intense puissance pathétique, mais fait accéder Ruy Blas et don César au statut de héros romantiques, en révélant certaines de leurs contradictions intimes.

1. Pourquoi l'aveu de Ruy Blas constitue-t-il un coup de théâtre ? Il y a, à la fin de l'extrait, un second coup de théâtre. Lequel ?

2. Quelle est la tonalité dominante dans ce passage ? Quels indices vous permettent de l'affirmer ? À votre avis, quel effet produit ce passage sur le public ?

3. Tout personnage romantique éprouve une contradiction intime, une division du moi. Est-ce le cas de Ruy Blas ? De don César ? Quelle est chez chacun, le cas échéant, la nature de cette contradiction ?

Sujet 7

TEXTE 20 • *Ruy Blas*, acte II, scène 5

C'est vous que je cherchais ! [...] Il ne le tuera pas !

> VERS 363-396, PAGES 87-92

Après avoir répondu aux questions suivantes, vous rédigerez un commentaire de cet extrait.

Indications pour traiter le sujet
Vous montrerez que cette scène animée, par-delà sa dimension comique, jette un éclairage nouveau sur le personnage de la reine, en la faisant brusquement passer de la passivité à l'activité.

1. Observez la longueur des répliques de cette scène. Que remarquez-vous ? Quel nom donne-t-on à ce procédé ? Quelle influence a-t-il, à votre avis, sur le rythme de la scène ?

2. Comment s'appellent les nombreuses répliques dans lesquelles don Guritan, à l'insu de la reine, s'adresse au public ? Que révèlent-elles sur la position de don Guritan dans le rapport de forces qui l'oppose à la reine ?

3. Observez la composition de la scène. Combien de moments successifs distinguez-vous ? Quelle réplique en constitue le tournant majeur ? Que nous apprend-elle *a posteriori* sur le comportement de la reine depuis le début du dialogue ?

Sujet 8

TEXTE 21 • *Ruy Blas*, acte III, scène 2

Bon appétit, messieurs ! – [...] Et vous osez !...

> VERS 78-111, PAGES 100-101

Après avoir répondu aux questions suivantes, vous rédigerez un commentaire de cet extrait.

Indications pour traiter le sujet
Vous pourrez montrer qu'on a ici affaire à une tirade épique, qui non seulement illustre les exigences de l'esthétique romantique en matière de représentation de l'histoire, mais propose une véritable réflexion politique.

1. Relevez les caractéristiques de la tirade de Ruy Blas qui permettent d'affirmer qu'elle constitue un « réquisitoire ».

2. L'épique se définit d'ordinaire aussi bien par des marques stylistiques spécifiques (hyperboles, énumérations, accumulations, cadences majeures) que par un thème de prédilection : la guerre. En quoi ce réquisitoire est-il épique ?

3. Le drame romantique a pour ambition de représenter l'histoire dans son ampleur à la fois temporelle et spatiale. Cette ambition est-elle réalisée dans cet extrait ? Quels éléments vous permettent de l'affirmer ?

Sujet 9

TEXTE 22 • *Ruy Blas*, acte IV, scène 8

Vous allez consigner [...] Vous êtes un fier gueux !

> VERS 495-520, PAGES 164-167

Après avoir répondu aux questions suivantes, vous rédigerez un commentaire de cet extrait.

Indications pour traiter le sujet
Vous pourrez montrer que Hugo nous livre ici une parodie de procès, cela à deux fins principales : achever le portrait de don Salluste en monstre sans scrupules et poser le problème moral du droit bafoué par la force.

1. À quel type de situation de la vie courante cette scène où don Salluste et don César s'affrontent devant un juge vous fait-elle penser ? À quels indices le voyez-vous ?

2. Lequel des deux personnages détient l'initiative de l'échange ? En quoi les circonstances rendent-elles cette initiative particulièrement importante ? À partir de quelle réplique le rapport de forces entre les deux protagonistes s'inverse-t-il ?

3. Quelle image la scène donne-t-elle de don Salluste ? Quel effet produit-elle sur le spectateur ?

DISSERTATIONS

Sujet 10

Théophile Gautier écrit, lors de la reprise de la pièce à l'Odéon, en 1872, dans *La Gazette de Paris*.

> *Ruy Blas* renferme, sans y avoir visé, car le poète a toujours dédaigné le succès d'allusion, de ces passages dont l'opposition peut profiter contre un gouvernement quelconque, car ils expriment

> des vérités toujours applicables et sont comme les grands lieux communs de l'éternelle justice.

Pensez-vous que le théâtre ait pour tâche d'exprimer des « vérités » polémiques et de fonder les « grands lieux communs » de la société ?

■ Indications pour traiter le sujet

Vous vous efforcerez d'être attentif(ve) à la lettre de la citation, et notamment aux incises de la première ligne (« sans y avoir visé, car le poète a toujours dédaigné le succès d'allusion »). Elles introduisent une nuance par rapport au reste du propos : si, globalement, Gautier plaide pour l'engagement et la défense de certaines valeurs universelles, il n'en attire pas moins l'attention sur les dangers d'un théâtre trop délibérément polémique. Qu'entend-il, à votre avis, par « succès d'allusion » ? À quels travers s'exposerait, selon vous, un auteur qui viserait systématiquement l'expression de vérités universelles ?

Après avoir montré, en vous appuyant sur des lectures ou des souvenirs de mises en scène, quel rôle le théâtre peut jouer dans la fondation de « lieux communs » (pensez par exemple aux tragédies grecques antiques), vous pourrez donc évoquer les risques d'un théâtre excessivement engagé. Pour finalement en venir à poser la question suivante : Comment concilier exigence militante et refus du didactisme ?

Sujet 11

On trouve dans une note écrite par Hugo en 1834 la distinction suivante entre deux types d'« intérêt » que peut éprouver le spectateur.

> On nomme action au théâtre la lutte de deux forces opposées. Plus ces forces se contrebalancent, plus la lutte est incertaine, plus il y a alternative de crainte et d'espérance, plus il y a d'intérêt. Il ne faut pas confondre cet intérêt qui naît de l'action avec une autre sorte d'intérêt que doit inspirer le héros de toute tragédie, et qui n'est qu'un sentiment de terreur, d'admiration ou de pitié[1].

Pensez-vous que l'une des deux formes d'intérêt distinguées par Hugo soit plus légitime que l'autre ?

■ Indications pour traiter le sujet

Vous commencerez par déterminer précisément en quoi consiste chacune des deux formes d'intérêt décrites par Hugo, et par en donner des exemples. Vous montrerez notamment qu'elles renvoient en fait à deux niveaux d'appréhension du spectacle : la première, valorisée par la citation, procède avant tout de l'intrigue et du « suspens » ménagé par l'auteur ; la seconde, implicitement renvoyée par Hugo du côté du trivial (*cf.* la négation restrictive dans la dernière subordonnée relative), naît d'une identification au héros et d'une empathie avec ce dernier.

---

1. Note de Victor Hugo, « Théâtre », *Littérature et philosophie mêlées*, œuvres complètes, volume « Critique », coll. « Bouquins », Paris, Robert Laffont, 1985, p. 84.

Vous pourrez alors vous poser plusieurs questions. Faut-il privilégier l'une de ces formes de réception au détriment de l'autre ? Est-il réellement justifié de les distinguer, dans la mesure où toutes deux relèvent en fin de compte d'un même type d'attitude, à savoir l'émotion ? Ne peut-on envisager une troisième forme d'intérêt, réellement différente des deux premières, qui reposerait moins sur l'affect que sur la réflexion distanciée [1] ?

1. En ce qui concerne cette notion de distanciation, vous pourrez notamment consulter le *Petit organon pour le théâtre*, de Brecht, paru en 1948 et réédité en français aux éditions de L'Arche, Paris.

BIBLIOGRAPHIE

Édition de Ruy Blas

HUGO Victor, *Ruy Blas*, édition critique établie par Anne UBERSFELD (2 tomes), Paris, Les Belles Lettres, 1971.

Victor Hugo et son œuvre

GUILLEMIN Henri, *Hugo*, coll. « Écrivains de toujours », Paris, Seuil, 1951.

JUIN Hubert, *Victor Hugo* (3 tomes), Paris, Flammarion, 1980.

Sur le théâtre de Hugo

CHAHINE Samia, *La Dramaturgie de Victor Hugo* (1816-1843), Paris, Nizet, 1971.

GAUDON Jean, *Victor Hugo et le théâtre. Stratégie et dramaturgie*, Paris, Suger, 1985.

LASTER Arnaud, *Pleins feux sur Victor Hugo*, Comédie-Française, Paris, 1985.

LYONNET Henry, *Les « Premières » de Victor Hugo*, Paris, Delagrave, 1930.

SOURIAU Maurice (éd.), *La Préface de Cromwell* (1897), Genève, Slatkine, 1973.

UBERSFELD Anne, *Le Roi et le Bouffon, Étude sur le théâtre de Hugo de 1830 à 1839*, Paris, José Corti, 1974.

UBERSFELD Anne, *Victor Hugo et le théâtre*, coll. « Albums Pochothèque », Paris, Le Livre de Poche, 2002.

Sur Ruy Blas

DAUVIN Sylvie et Jacques, *Hernani/ Ruy Blas*, coll. « Profil d'une œuvre », Paris, Hatier, 1986.

DEMORAND Nicolas, *Premières Leçons sur Ruy Blas*, Paris, PUF, 2000.

JORDY Jean, *Ruy Blas*, coll. « Parcours de lecture », Paris, Bertrand-Lacoste, 1997.

SOUCHON Paul, *« Autour de Ruy Blas », Lettres inédites de Juliette Drouet à Victor Hugo*, Paris, Albin Michel, 1939.

Sur le drame romantique

DESCOTES Michel, *Le Drame romantique et ses grands créateurs*, Paris, PUF, 1955.

EL NOUTY Hassan, *Théâtre et précinéma. Essai sur la problématique du spectacle au* XIX*e siècle*, Paris, Nizet, 1978.

LAURENT Frank et VIENES Michel, *Le Drame romantique*, Paris, Hatier, 1996.

LIOURE Michel, *Le Drame*, Paris, Armand Colin, 1963.

UBERSFELD Anne, *Le Drame romantique*, Paris, Belin, 1993.

Filmographie

Ruy Blas, adapté par Jean Cocteau et réalisé par Pierre Billon (1947), avec Jean Marais dans le rôle de Ruy Blas et de don César.

Ruy Blas, adapté pour la télévision par Claude Barma et Raymond Rouleau (1972), avec François Beaulieu et Claude Winter.

Ruy Blas, adapté pour la télévision par Jacques Weber et Carlos Rodriguez (2002), avec Carole Bouquet, Gérard Depardieu et Jacques Weber.

La Folie des grandeurs, parodie filmée de Gérard Oury d'après la pièce (1971), avec Louis de Funès et Yves Montand.

Ressources électroniques

http://www.ac-rouen.fr/lycees/jeanne-d-arc/romantik/ruy-blas/accueil.html

On peut trouver sur ce site Internet tous les textes des préfaces de Victor Hugo, une biographie, des textes théoriques de Hugo, une bibliographie, etc.

Collection Classiques & Cie

6	Abbé Prévost	**Manon Lescaut**
11	Balzac	**Histoire des Treize (Ferragus - La Duchesse de Langeais - La Fille aux yeux d'or)**
3	Balzac	**La Peau de chagrin**
20	Baudelaire	**Les Fleurs du mal**
15	Beaumarchais	**Le Mariage de Figaro**
2	Corneille	**L'Illusion comique**
17	Flaubert	**Madame Bovary**
4	Hugo	**Le Dernier Jour d'un condamné**
21	Hugo	**Ruy Blas**
8	Jarry	**Ubu roi**
5	Laclos	**Les Liaisons dangereuses**
14	Lafayette (Mme de)	**La Princesse de Clèves**
12	Marivaux	**Le Jeu de l'amour et du hasard**
18	Maupassant	**Nouvelles**
1	Molière	**Dom Juan**
19	Molière	**L'École des femmes**
9	Molière	**Le Tartuffe**
10	Musset	**Lorenzaccio**
7	Racine	**Phèdre**
16	Rousseau	**Les Confessions**
13	Voltaire	**Candide**

Achevé d'imprimer par L.E.G.O. S.p.A. - Lavis (TN) - Italie
Dépôt légal: 96221-9/02 - Mars 2013